ST

CW01560463

Edit

JO

Third Edition, revised by
OSBORN BERGIN

Published for the
ROYAL IRISH ACADEMY
DUBLIN
1944

Reprinted 1976, 1994 & 1999

Royal Irish Academy,
19 Dawson Street, Dublin 2.

ISBN 1 874045 26 7

PREFACE TO THE SECOND EDITION

THESE selections, with notes and glossary, were first edited by the late Professor Strachan in 1903, in numbers 158 to 167 of *Irisleabhar na Gaedhilge*. In 1908 they were collected and issued in book form by the School of Irish Learning, and for nearly twenty years they have served as a text-book for beginners in Old-Irish.

Strachan had before him the copies of Táin Bó Cúailnge found in Lebor na Huidre (U) and in the Yellow Book of Lecan (Y). In 1913 Windisch edited in *Zeitschrift für celtische Philologie*, IX, a third copy from Egerton 1782 (E). This generally agrees with U, but sometimes it confirms the reading of Y. The relation of the three copies is discussed by Thurneysen in the same volume, and also in *Die irische Helden- und Königsage*.

The language of the manuscripts is Old-Irish, but in a Middle-Irish disguise, for the earliest dates from about 1100. As a rule, they do not warrant us in going back beyond the language of the ninth century. In normalizing the spelling I have in general followed that of the Milan Glosses. Middle-Irish forms are left when the corresponding Old-Irish forms are uncertain, but a few slight inconsistencies are of small importance. My object has been to produce a plain text for beginners, not to make a critical restoration of the original. Now that the versions of the three manuscripts are in print fewer critical notes are needed. References have been added to the Glossary, but some of the grammatical material has been omitted, as it is to be found in a more convenient form in Strachan's *Old-Irish Paradigms and Glosses*, from which most students pass on to these selections.

In the task of revision I have been helped by the numerous notes and corrections in Kuno Meyer's copy of the issue of 1908.

OSBORN BERGIN.

February, 1928.

PREFACE TO THE THIRD EDITION

In this edition both Text and Glossary have been revised. Some important corrections are due to the late Professor Thurneysen.

OSBORN BERGIN.

September, 1944.

CONTENTS

STORIES FROM THE TÁIN

I

How Cú Chulainn came to Emain Machae

[U 4855–4901 ; Y 366–415 ; E 130, 10—131, 18]

" Altae-som ém," ol Fergus, " la[1] máthair ⁊ la[1] athair ocond Airgdig[2] i mMaig Muirthemni. Adfessa dó airscélae na macraide i nEmain. Ar bíit trí cóecait macc and," ol Fergus, " oca[3] cluichiu. Is samlaid[4] do-meil Conchobor a flaith : trian ind laí oc déicsin na macraide, a trian n-aill oc imbirt fidchille, a trian n-aill oc óul chormae, conid gaib cotlud de. Cia bemmi-ni[5] for longais riam, ní fil i nÉre óclaig bas amru," ol Fergus.

" Guidid Cú Chulainn dia máthair didiu a léiciud dochum na macraide. ' Ní regae,' ol a máthair, ' condit roib coímthecht di ánrothaib Ulad.' ' Rochían lim-sa anad fri sodain,' ol Cú Chulainn. ' Inchoisc-siu dam-sa ced leth atá[6] Emain.' ' Fathúaid amne,' ol a máthair, ' ⁊ is doraid a n-uide,'

---

[1] *lia* E.

[2] *ocond dairggdig* U, *oconn dairggdig* Y, *ocondairgdig* E. Cf. *fri hAirgdhigh aniar*, RC vi. 177.

[3] *oc* U.   [4] *amlaid* MSS.   [5] *bemni* MSS.

[6] The rel. form of *atá* is regularly *fil*; there is, however, in the O.-Ir. glosses nothing to show that *atá* may not have been used in the above type of sentence. Cf. *is lé in tech atá ind fithchell*, LU 10805.

ol sí, ' atá Slíab Fúait etruib.' ' Do-bér indass
fair,' ol Cú Chulainn, ' ammin.'

" Téit ass íarum, ⁊ a scíath slissen laiss ⁊ a
bunsach ⁊ a lorg ánae ⁊ a líathróit. Fo-cerded a
bunsaig[1] riam conda gaibed ar loss resíu do-rotsad
a bun for lár.

" Téit cosna maccu íarum cen naidm a fóesma
forru. Ar ní téiged nech cuccu inna cluichemag co
n-arnastae a fóesam. Ní fitir-som anísin. ' Non
sáraigedar in macc,' ol Follomon macc Conchobuir,
' sech ra-fetammar is di Ultaib dó.' Arguntís[2] dó.
Maidid[3] foo.

" Fo-cerdat a trí cóecta bunsach fair, ⁊ ar-sissetar
isin scíath slissen uili leis-seom. Fo-cerdat dano a
líathróiti uili fair-seom. Ocus nos gaib-seom cach
n-óen[4] líathróit inna ucht. Fo-cerdat dano a[5] trí
cóecta lorg n-ánae fair. Ara-clich-som connách
ráncatar, ⁊ gabais airbir diib fria aiss.

" Ríastarthae imbi-seom i suidiu. Inda[6] lat ba
tindorcun as-n-ort cach foiltne inna chenn lasa
coméirge con-érracht. Inda lat ba oíbell tened boí
for cach óenfinnu. Íadais indala súil connárbo
letha[7] in-daas cró snáthaite. As-oilgg alaili combo
móir béolu fidchóich.[8] Do-rig[9] dia glainíni corrici
a áu.[10]   As-oilg a béolu coa inairdriuch combo

---

[1] *bunsach, bunnsach* MSS.
[2] *arguintis* E, *arguittis* Y.
[3] . . *aigid* Y, *maidhit* E, *benaid* U.
[4] *cech óen* U, *cach oen* Y, *cach óen* E.
[5] *an* UY, *ina* E.   [6] *indar* UY.
[7] *lethiu* MSS.   [8] *midchuaich* U.
[9] *doerig,* &c. MSS.   [10] *hou* U, *hau* Y, *óa* E.

ecnae a inchróes. At-recht in lúan láith assa mulluch.

" Benaid fona maccu íarum. Do-scara cóecait macc diib resíu[1] rístais dorus nEmna. Fo-rrumai nónbor diib torom-sa ⁊ Chonchobor ; bámmar oc imbirt fidchille. Lingid-som dano tarsin fidchill i ndegaid ind nónbuir.

" Gaibid Conchobor a rigid.[2] ' Ní maith ar-ráilter in macrad,' ol Conchobor. ' Deithbir dam-sa, á phopa Conchobuir,' ol sé. ' Do-s-roacht do chluichiu óm thaig óm máthair ⁊ óm athair, ⁊ ní maith ro mbátar frim.' [3] ' Cia th'ainm-siu ? ' ol Conchobor. ' Sétantae macc Sualtaim atom-chomnaicc-se, ⁊ macc Dechtire do fethar-su. Níbu dóig mo chonfére sund.' ' Ced ná ronass do fóesam-sa dano forsna maccu ? ' ol Conchobor. ' Ní fetar-sa anísin,' ol Cú Chulainn. ' Gaib it láim mo fóesam airriu didiu.' ' Atmu,' ol Conchobor.

" La sodain do-ella-som forsin macraid sechnón in tige. ' Cid taí dano doib indossa ? ' ol Conchobor. ' Co ronastar a fóesam-som form-sa dano,' ol Cú Chulainn. ' Gaib it láim didiu,' ol Conchobor. ' Atmu,'[4] ol Cú Chulainn.

---

[1] *siu* MSS. [2] *rig* MSS.

[3] Before this Y has *cia diata in macc-so* . . . ⁊ = *cia dianda macc-su* . . . ⁊ ' *whose son art thou* . . *and*,' &c.

[4] *Atamu* Y.

" Lotar uili isa cluichemag íarum, ⁊ ata-rachtatar in maicc hí ro slassa and.   Fo-s-ráthatar a muimmi ⁊ a n-aiti.''

II

How Cú Chulainn brought Conchobor from the Field of Battle

[U 4924–4954 ; Y 439–471 ; E 132, 1–33]

" Boí imnisse chatha eter Ultu ⁊ Éogan mac nDurthacht. Tíagait Ulaid don chath. Fácabarsom inna chotlud.   Maitti for Ultu.   Fácabar Conchobor ⁊ Cúscraid Mend Machae ⁊ sochuide mór ol-chenae. D-an-íuschi-seom[1] a ngol. Sínithi íarum co mmemdatar in dá liic ro bátar imbi. I fiadnaissiu Bricrenn[2] ucut do-rónad,'' ol Fergus. '' At-reig la sodain. Con-riccim-se friss i ndorus ind liss os[3] mé athgoíte. ' Fuit ! Día do bethu ! a phopa Fergus,'[4] ol sé.   ' Cate Conchobor ? ' ' Ní fetar-sa,' ol mé.

" Téit ass íarum. Ba dorchae ind adaig. Fópair a n-ármach. Co n-accae ara chiunn in fer, ⁊ leth a chinn fair, ⁊ leth fir aili fora muin. ' Congnae lem, a Chú Chulainn,' ol sé. 'Rom bíth, ⁊ tuccus leth mo bráthar formo[5] muin.   Beir síst lim.' ' Ní bér,' ol sé.   La sodain fo-ceird in n-aire dó.

---

[1] *dofusciseom* U, *dosuisceosom* Y, *dosfiusceom* E.

[2] *Bricriu* MSS.   [3] ⁊ MSS.

[4] *Fer⁓* U, *a Fergais* Y, *Ḟer⁓* E.

[5] *armo* UY with Mid.-Ir. confusion of *ar* and *for*.

Fo-ceird-som de. Imma-sínithar doib. Do-scarthar
Cú Chulainn. Co cúalae ní, in mboidb dinaib
colnaib : ' Olc damnae laích fil and fo chossaib
aurddrag.' La sodain f-an-érig Cú Chulainn ⁊
benaid a chenn de cosind luirg ánae ⁊ gaibid
immáin[1] líathróite riam darsa mag.[2]

" ' In fil mo phopa Conchobor isind ármaig se ? '
Fris-gair-side dó. Téit cuci conid n-accae issin
chlud, ⁊ ro bói ind úr[3] imbi di cach leith dia
díchlith. ' Cid dia tuidched-su[4] isa n-ármag,'[5] ol
Conchobor, ' co ndechais uathbás and ? ' T-an-
ócaib asin chlud la sodain. Ní turcébad seisser
linni di thrénḟeraib Ulad ní bad chalmu. ' Tair
riunn don tig ucut,' ol[6] Conchobor, ' co ndernae[7]
tenid dam and.' Ad-doí-seom[8] tenid móir dó.
' Maith dano,' ol Conchobor, ' diandom thísed
mucc ḟonaithe robad-am béo.' ' Rega-sa[9] conda
tuc,' ol Cú Chulainn. Téit ass íarum. Co n-accae
in fer ocond ḟulucht i mmedón ind ḟeda, indala[10]
lám dó cona gaisciud indi,[11] ind lám aile[12] oc
funiu in tuircc. Ba mór a úathmaire ind ḟir.

---

[1] *imman* UY.

[2] *darinmag* U, *darinnarmaig* Y, *darinnármagh* E.

[3] *úir* MSS., with confusion of nom. and acc.

[4] *tudchad-so* YE, *tánac* U.

[5] *isinnarmag* U, *isinnarmaigh* Y, *isindarmaigh* E.

[6] *ar* MSS.   [7] *co ndernae ... Conchobor* om. U.

[8] *ataiseom* YE, *attaiseom* E.

[9] *ragsa* UY, *raghsa* E.   [10] *indara* MSS.

[11] *inti* MSS.   [12] *aili* E, *naill* UY.

F-an-ópair-som ar apu[1] ⁊ do-beir a chenn ⁊ a
muicc lais.   Longaid[2] Conchobor íar sin in torc.
'Tíagam diar tig,' ol Conchobor.   Con-recat fri
Cúscraid mac Conchobuir.   Bátar dano tromgona
for suidiu.[3]   Do-beir[4] Cú Chulainn fora muin.
Do-lotar íarum a triur co Emain Machae."

III

How Cú Chulainn slew the Smith's Hound,
and how he got his Name

[U 4973–5033 ; Y 484–545 ; E 133, 11–134, 34]

"R-a-fetammar[5] ém in ngillae sin," ol Conall
Cernach, "⁊ ní messa de[6] fria fiss, is daltae dún.
Nípu chían íarsin gním ad-chuaid Fergus indossa
co ndergéni-som[7] bét n-aile.

"Dia forgéni Caulann cerdd oígedacht do
Chonchobur, as-bert Caulann íarum nábad sochuide
no berthae cucci, air nípu du thír ná ferunn dó
a fuirec do-rigni, acht do thorud a dá lám ⁊ a
tharnguir.   Luid Conchobor íarum ⁊ cóeca cairp-
tech[8] imbi do neoch ba sruithem ⁊ ba airegdam[9]
inna caurad.

----

[1] *arapa* U, *araba* Y, *arappaide* E.   Cf. *ar abu* LU 1510.
[2] *loingid* UY, *longthi* E.
[3] *fairside* UE, *fairsidi* Y.   [4] *dosmbeir* E.
[5] *rofeadarsa* Y.
[6] *messaite*, &c. MSS.   *condernasom* (-*sum*) MSS.
[8] *carp˘* U, *cairp˘* YE.
[9] *ba haeregdu* U, *basairegdu* Y, *ba hairegda* E.

" Ad-ell Conchobor laiss íarum a cluichemag.
Ba bés dano dó do grés a n-adall ⁊ a tadall oc
techt ⁊ oc tuidecht do chuindchid a mbendachtae[1]
cosna maccu.   Co n-accae íarum Coin Culainn oc
áin líathróite frisna trí cóecta macc, ⁊ birt a róena
forru.   In tan ba n-áin[2] phuill do-gnítis, no línad-
som in poll dia líathróitib, ⁊ ní cumcaitis in maicc
a irchlige.[3]   In tan batir[4] héseom uili do-bidctis in
poll, ara-cliched-som a óenur conná téiged cid óen-
líathróit ind.   In tan ba n-imthascrad[5] do-gnítis,
do-scarad-som[6] na trí cóecta macc a óenur, ⁊ ní
comricced imbi-seom lín a thascartha.[7]   In tan
dano ba n-imdírech do-gnítis, do-s-riged-som[8] uili
comtis[9] tornocht,[10] ⁊ nícon·ructais-som immurgu
cid a delg assa brot-som nammá.

---

[1] *bennachda* U, *mbennachtan* E.

[2] *ba hain* MSS.

[3] *ersclaige* U, *ersclaide* YE.

[4] For *batir* in a relative sense cf. Wb. 5c14.

[5] *nimtrascrad* UY, *nimthrascrad* E.

[6] *dorascradsom* MSS.   [7] *trascartha* MSS.

[8] *dosnergedsom* UE, *dosnirgedsom* Y.

[9] *co mbítis*, &c. MSS.

[10] *tornochta* MSS., with the fem. or neut. form, as not
infrequently in this text. In Mid.-Ir. the n. pl. masc.
of the predicative adj. commonly has the old form, e.g.
it brónaig, while the attributive adj. commonly has *a*,
e.g. *fir móra*. For pl. *tornocht* cf. YBL 50 *b* 33. The
group *cht* resists palatalization. According to Canon
O'Leary, *Aesop* ii., the voc. of *bocht* is *bocht*, with *ch*
broad and *t* slender.

" Ba amrae la Conchobor anísin. As-bert-side
in n-etarbíad a ngnímu[1] acht tísed doib[2] co áes
ferdatad. As-bert cách etar-da-bíad. As-bert
Conchobor fri Coin Culainn : ' Tair lem' ol sé,
' dond fleid dia tíagam, fo bíth at[3] oígi.' ' Nída[4]
sáithech dom chluichiu beos, a phopa Chon-
chobuir,' ol in gillae. ' Rega-sa[5] ifar[6] ndiad.'

" Ó ráncatar uili iarum dond fleid, as-bert
Caulann fri Conchobor : ' In frithálid nech ifar[6]
ndiad ? ' ol sé. ' Náthó,' ol Conchobor. Nírbo
chuman laiss dál a daltai inna dead. ' Atá árchú
lem-sa,' ol Culann ; ' téora[7] slabrada fair ⁊ triar
cacha slabraide.[8] Léicther[9] de, dáig ar n-indile
⁊ ar cethrae, ⁊ dúntar in less.'

" Tic in gillae fo sodain. F-an-ópair[10] in cú. No
fethed-som a cluiche colléic. Fo-cerded a líathróit
⁊ fo-cerded a loirg inna diad, co mbenad in
líathróit. Níbo móo in band ol-daas a chéle. Ocus
fo-ceird[11] a bunsaig inna ndiad, conda gaibed re
tothaim. Ocus níro thairmesc a chluiche imbi,

---

[1] *gnímu* U.   [2] *dó* E.   [3] *dáig ot* U.

[4] *nimda* U, *nidom* Y, *nidam* E.

[5] *ragatsa* U, *regad* Y, *raghut* E.

[6] *infar* U, *inbar* YE.   *tri* MSS.

[8] UE add : *a hEspáin dosfucad* (he was brought from
Spain), where the Mid.-Ir. *dosfucad* betrays the interp-
olator.

[9] *leicthir* Y ; but the imperative is supported by the
following *dúntar.*

[10] *fónópair* U, *fonobair* Y, *fósnóbair* E.

[11] *foscerded* E.

ce rod boí[1] in cú occa ascnam.   Torbais Conchobor
⁊ a muintir anísin, connárbo séitir[2] leo a nglúasacht.
Inda[3] leo ní faircibtis[4] i mbethaid ara ciunn cid
ersloicthe in less.   In tan didiu do-lluid[5] in cú
cucci-som, fo-ceird-seom úad a líathróit ⁊ a loirg,
⁊ fris-indle in coin cona dib lámaib, .i. do-beir
indala láim dó fri ubull brágat in chon ; do-beir
araili fria chúl ; bentai frisin coirthe inna arrad,[6]
co sescaind cach ball de a lethe. (Mad íar n-arailiu,
immurgu, is a líathróit ro lá-som inna béolu co
rruc a inathar trít.)

   " Con-éirget[7] Ulaid ara ammus, araill diib for
less, araill for dorus liss.   D-a-mberat i n-ucht
Conchobuir.   Fo-cerddar armgrith[8] mór leo, .i.
macc sethar ind ríg do folmaissiu a báis.   Do-tét
Culann issa tech la sodain.   ' Fo chen duit, a
maccáin, fo déig cridi do máthar.   Messe, immurgu,
ní mad airgénus fleid.   Is bethu immudu[9] ⁊ is
trebad immaig mo threbad i ndegaid mo chon.
Con-aggaib ainech ⁊ anmain dam-sa,' ol sé, ' in
fer muintire ruccad úaim .i. mo chú.   Robo dín
⁊ dítiu diar feib ⁊ ar n-indili.   Ropo imdegail
cacha slabrae dún eter mag ⁊ tech.'   ' Ní mór

---

[1] *ce roboí* U, *cia roibi* Y, *cérobái* E ; *-d* is required by
O.-Ir. usage when *cia, ce* takes the indicative.

[2] *eter*, &c. mss.   [3] *indar* UY, *intar* E.

[4] *faircbitís* U.   [5] = *do-n-luid.*

[6] *farrad* UY, *farrud* E.

[7] *comérgit*, &c. mss.   [8] *armcrith* Y.

[9] Leg. *is bethu immudu mo bethu* (?).

bríg sin trá,' ol in gillae. 'Ebaltair[1] cuilén din chúain chétnai lem-sa duit, ⁊ be[2] cú-sa do imdegail do chethrae ⁊ dot imdegail féin colléic cor ása in cú hísin ⁊ corop ingníma. Ocus im-díus-sa Mag Muirthemni uile ; nícon bérthar úaim-se éit ná almae ass, manip aurderg lim-sa.' 'Bid Cú Chulainn t'ainm-siu íarum,' ol Cathbad.[3] 'Maith lem cid ed mo ainm,' ol Cú Chulainn."

"Fer do-rigni sin amdar lána a šé blíadnai, nípu machdad ce do-rónad-side dag-gním ind inbuid se in tan ata lána a šecht mblíadnai deac," ol Conall Cernach.

IV

HOW CÚ CHULAINN TOOK ARMS, AND HOW HE FARED ABROAD

[U 5035–5210 ; Y 546–731 ; E 134, 35—139, 25]

"Do-géni fecht n-aili dano," ol Fiachu mac Fir Ḟebe. "Boí Cathbad druí hi fail a maicc .i. Conchobuir maic Nessa. Cét fer ndéinmech dó oc foglaimm druídechtae úad. Is é lín do-n-inchoisced[4] Cathbad. Iarmi-foacht araile dia ḟelmaccaib do šuidiu cid diambad maith a lláa sa.

---

[1] *ébéltair* U, *ebeltair* E, *ebeltar* Y ; cf. *ebaltair* (as pret.) Rawl. B. 502, 141 *a* 13.

[2] *bíam* U, *biam* Y, *bidam* E.

[3] originally gen. of *Cathub*.

[4] *doninchoisced* U, *doninchoiscedh* E, *noninchoisced* Y. In later O.-Ir. and in Mid.-Ir. *sch* becomes *sc*.

As-bert Cathbad, óclach[1] no gébad gaisced and,
for-biad a ainm ar gnímaib gaiscid[2] firu Érenn ⁊
no mértais a airscélae co bráth.

"Ro-cluinethar Cú Chulainn anísin. Do-tét co
Conchobor do chuindchid gaiscid. As-beir Con-
chobor: 'Cia do-rinchoisc duit?' 'Mo phopa
Cathbad,' ol Cú Chulainn. 'Ro-fetammar ém,' ol
Conchobor. Do-beir gáe ⁊ scíath dó. Bertaigthius
for lár in taige conná térnai[3] ní donaib cóic
gaiscedaib deac no bítis di immḟorcraid i tegluch
Conchobuir fri maidm n-airm nó fri gabáil ngaiscid
do neoch. Co tardad dó gaisced Conchobuir féin.
F-a-lloing-som side immurgu[4] ⁊ bertaigthi,[5] ⁊
bendachais in ríg ba gaisced ⁊ as-bert: 'Céin
mair túaith ⁊ chenél dianid rí in fer assa arm so.'
Do-icc[6] íarum Cathbad cuccu ⁊ as-beir: 'In
gaisced gaibes[7] in gillae?' ol Cathbad. 'Ed,'
ol Conchobor. 'Ní sirsan do macc a máthar
ém,' ol sé. 'Ced ón? Nách tussu ém do-dn-
erchosaig?'[8] 'Nách mé écin,' ol Cathbad.
'Cid do-chana duit in bréc[9] do imbirt form, a

[1] óclǽch UE.

[2] ar gnim ngaiscid E, forbiad a ainm Herind co bráth
ar gnim gascid U.

[3] ternó U, terno E, terna Y.

[4] falloingside immurgu eseom, &c. MSS. For the emen-
dation cf. Wb. 31 a 9, Ml. 22a4, 44a14, Sg. 16a8.

[5] bertaigthi hé U, bertaigsi he Y, bertaighti for lár hé E.

[6] dafic U, doficc Y, dofic E.   [7] gebes U, gebis Y.

[8] donarchossaig U, -aigh E, dodnarchosaig, Y.

[9] mbréig E.

siriti ? ' ol Conchobor fri Coin Culainn. 'A rí
Féne, ní bréc,' ol Cú Chulainn. ' Is hé do-rinchoisc
dia felmaccaib imbúaruch, ⁊ r-a-chúala-sa fri
Emain andess ⁊ do-dechad-sa cucut-su íarum.'
' Is maith ane a lláa,'[1] ol Cathbad. ' Is glé bid
airdirc ⁊ bid animgnaid intí gébas gaisced and,
acht bid duthain nammá.' ' Amrae bríge són,' ol
Cú Chulainn. ' Acht ropa airdirc-se, maith lem
ceni[2] beinn acht óen-láa for domun.'

" A lláa n-aill[3] im-comairc araile fer donaib
druídib, cid diambo maith a lláa sin. ' Nech no
regad i carpat and,' ol Cathbad ,' for-biad a ainm
Hérinn co bráth.' Ro-cluinethar íarum Cú
Chulainn sin. Do-tét-side co Conchobor, co n-epert
friss : ' A phopa Chonchobuir,' ol sé, ' carpat
dam-sa ! ' Do-beir-side carpat dó. Fo-ruim[4] a
láim eter dí fertais in charpait, co mmemaid inna
láim[5] in carpat. Brissis in dá charpat deac in
chruth sin. Do-berar dó iarum carpat Conchobuir.
F-a-lloing-som side.[6]

" Téit isin carpat iar suidiu, ⁊ arae[7] Conchobuir
leiss. Im-soí in t-arae, .i. Ibor a ainm-side, in
carpat fó-som.[8] 'Tair asin charput[9] in fecht sa,'[10]

---

[1] *in laa* MSS.   [2] *cen co* MSS.
[3] *naile,* &c. MSS.   [4] *forrurim,* &c. MSS.
[5] *ina laim* Y, om. UE.
[6] *foloing side heseom,* &c. MSS.
[7] In the MSS. regularly *ara,* but *arae* Rev. Celt. xi. 450.
[8] *foíseom* UE.
[9] *isin charƀat,* &c. MSS.
[10] *fechtsa* U, *afeachtsa* Y, *i fechtsa* E.

ol in t-arae. 'It coím[1] ind[2] eich, am cóem-sa dano, a maccáin '[3] ol Cú Chulainn. 'Tair riunn timchell nEmna nammá, ⁊ rot bía a lóg[4] airi.' Téit ón dano in t-arae. Ocus cotn-éicnigedar[5] Cú Chulainn íar suidiu co táirled[6] forsin sligid do chelebrad donaib maccaib, '⁊ condom bendachtais in maicc.' Gáid dó dano co táirled in sligid doḟrithisi.[7] Ó tháncatar ón dano, as-bert Cú Chulainn frisin n-araid: 'Indaig brot forsin n-echraid trá,' ol sé. 'Ced leth ón?' ol in t-arae. 'Céin ad-n-indain[8] in tṡlige,' ol Cú Chulainn.

"Teccat[9] di ṡuidiu co Slíab Fúait. Fo-reccat Conall Cernach and. Do Chonall dano do-rala imdegail in chóicid a lláa sin. Fo bíth no mbíid[10] cach láth gaile di Ultaib a láa i Sléib Fúait fri snádud neich do-d-íssed[11] co n-airchetul nó do chomruc fri fer, combad and sin con-rístae friss, arná téised nech dochum nEmna cen rathugud. 'Do ṡóinmigi sin trá,' ol Conall, 'rob do búaid ⁊ choscur.' 'Eirg-siu trá, a Chonaill, don dún, ⁊ nom léic-se[12] oc forairi sund colléic,' ol Cú

[1] *coema* U, *caema* Y, *choema* E. [2] *na* MSS.
[3] *amaccán* U, *ammaccam* Y. [4] *lúag* U.
[5] *cotneignigestair* Y. [6] *dairled* U, *dairleth* Y.
[7] *dorísi* MSS.
[8] *adindain* U, *anindain* Y.
[9] *tecait*, &c. MSS., with the absolute ending.
[10] *nobíid* U, *nobith* Y.
[11] *dothíssad* U, *dodisad* Y. In *do-d-ísed* *d* is the neut. pron., *who should come there.*
[12] *romleicsea* MSS.

Chulainn. 'Bid lour són,' ol Conall, 'mad fri snádud neich co n-airchetul ; mad do chomruc fri fer immurgu, is rom són duit-siu cose beos.' 'Bés nípu écen ón etir,' ol Cú Chulainn. 'Tíagam etarphort,' ol Cú Chulainn, 'do déicsin úainn for fertais Locha Echtrae. Is gnáth airisem oac féne and.' 'Is maith lim,' ol Conall.

"Tíagait ass íarum. Fo-ceird-seom cloich assa thábaill co mmemaid fertas charpait Conaill Chernaig. 'Cid frisan-da rolais[1] in cloich, a maccáin ? ' ol Conall. 'Do phromad mo lám ⁊ dírge mo urchair,' ol Cú Chulainn. 'Ocus is bés dúib-si far nUltaib ní réidid tar éclinde.[2] Eirgsiu[3] do Emain afrithisi, a phopa Chonaill, ⁊ nom léic-se[4] sund oc forairi.' 'Maith lim dano,' ol Conall. Ní dechuid Conall Cernach sech in maigin sin íar suidiu.

"Téit Cú Chulainn ass íarum do Loch Echtrae, ⁊ ní fúaratar nech and ara ciunn. As-bert in t-arae fri Coin Culainn ara n-aurthaitis do Emain co tairsitis óol and. 'Acc,' ol Cú Chulainn. 'Ced slíab in so thall?' ol Cú Chulainn. 'Slíab Monduirn,' ol in t-arae. 'Tíagam co rísam,' ol Cú

---

[1] *frisindrolais* MSS. If the emendation be right, *da* would be an infixed fem. pron., anticipating the following accusative *why have you thrown the stone* ?

[2] *eglindne* (in later hand) U, *tarinnglinde* Y, *taranglinni* E.

[3] *aircsiu* UE, *aircseo* Y.

[4] *romleicse*, &c. MSS.

Chulainn. Tíagait íarum co rráncatar. Iar ríchtain[1] doib in tšlébe im-comarcair Cú Chulainn íarum: 'Cia carn ngel in so thall i n-úachtur in tšlébe?' 'Findcharn,' ol in t-arae. 'Ced mag aní thall?' ol Cú Chulainn. 'Mag mBreg,' ol in t-arae. Ad-fét dó dano ainm cech phrímdúne eter Temair ⁊ Chenandas. Ad-fét dó cétamus a n-íathu ⁊ a n-áthu, a n-airdircci ⁊ a treba, a ndúne ⁊ a márdindgnu.[2]

"In-cosaig[3] dó dano dún trí macc Nechtan[4] Scéne, .i. Foill ⁊ Fannall ⁊ Túachell a n-anman. 'Indat éside as-berat,' ol Cú Chulainn, 'nách móo fil di[5] Ultaib i mbethaid ol-daas ro mbéotar-som[6] diib?' 'At é écin,' ol in t-arae. 'Tíagam conda rísam,' ol Cú Chulainn. 'Is gúas[7] dúnn ém,' ol in t-arae. 'Ní dia imgabáil ám tíagmai,' ol Cú Chulainn.

"Tíagait ass íarum ⁊ scorit a n-echu oc Combor[8] Mánae ⁊ Abae allae andess[9] úas dún a chéle. Ocus sréthi in n-id boí forsin choirthiu róut a lámae isin n-abainn, ⁊ léicthi la sruth, dáig ba coll ngesse do maccaib Nechtan Scéne anísin. Airigit-side íarum ⁊ do-tíagat a ndochum. Con-tuili Cú Chulainn

---

[1] *riachtain* UE, *tiachtain* Y. [2] *narddindgnu* U.
[3] *inchoscid* U, *inchoiscid* E.
[4] *Nechta* U, *Nectain* Y. [5] *do* UY.
[6] *robeótarsom* U, *robeodtarsom* Y.
[7] *guáis* U, *gúaiss* E. [8] *commor* MSS.
[9] *allándess*, *allandess* MSS.

íarum ocon choirthiu iar léiciud ind ide frissin
sruth, ⁊ as-bert frissin n-araid : ' Ním dersaige
fri úathad, do-m-íusche[1] immurgu fri sochuidi.'
Ba immecal immurgu in t-arae colléic, ⁊ in-láa-
side[2] a charpat ⁊ do-srenga a fortgai ⁊ a forgaimniu
ro bátar fo[3] Choin Chulainn, úare[4] nád rolámair[5]
a díuschud, dáig as-m-bert Cú Chulainn fris-som
ar thuus nách díusched fri úathad.

"Teccat íarum maic Nechtan Scéne. ' Cia fil
sund ? ' ol fer diib. ' Macc becc do-chóid indiu ar
esclu[6] hi carpat,' ol in t-arae. ' Nípo[7] do sóinmigi,'
ol in láech, ' ⁊ nírop do fechtnaigi dó a chétgabáil
gaiscid.[8] Ná bíd innar tír ⁊ ná gelat ind eich and
ní as[9] móo,' ol in láech. ' Ataat a n-éssi im
láim-se,' ol in t-arae. ' Nírbo lat-su tuillem[10]
ecraite,' ol Ibar frisin láech, ' ⁊ atá dano in macc
inna chotlud.' ' Nída[11] macc écin,' ol Cú Chulainn,

---

[1] *nomdíusca* MSS.   [2] *indlidside* MSS.
[3] *for* U.   [4] *uair* MSS.
[5] *nachrolamar* U, *nachrolamadh* Y. In O.-Ir. the neg.
nách implies an infixed pron., and here *náchrolámair*
might stand for *nách-n-ro-lámair*, the infixed pronoun
anticipating the object. But in Mid.-Ir. *nách* is common
with no infixed pron., and here *nád rolámair* should not
improbably be restored.
[6] *oesclu* Y, *escla* E.   [7] *nirop* Y, *nirbo* E.
[8] *ngaiscid* UY.
[9] The subjunctive *bes, bas*, might have been expected ;
bus E.
[10] *tollem* U, *tuilled* Y.   [11] *nimda* UE, *nidam* Y.

' acht is do chuindchid chomraic fri fer do-dechuid
in macc fil and.' ' Is sain lim-sa ón,' ol in láech.
' Bid sain duit-siu indossa isind áth ucut,' ol Cú
Chulainn.

"' Is tacair[1] duit trá,' ol in t-arae ; ' foichle in
fer do-thét ar do chenn—Foill a ainm,' ol sé ; ' ar
mani tetarrais isin chét-forgub,[2] ní tetarrais co
fescor.' ' Tongu do día tongas[3] mo thúath, nícon
imbéra-som for Ultu a cless sin dofrithisi dian
táirle[4] mánaís mo phopa Chonchobuir asmo
láim-se. Bid lám déoraid dó.' Sréthius fair íarum
in sleig co mmemaid a druimm triit. Do-beir
leiss a fodb ┐ a chenn íar suidiu.

"' Foichle in fer n-aile dano,' ol in t-arae.
' Fannall a ainm-side. Ní trummu do-n-nessa[5] in
n-uisce ol-daas elae nó fann'all.' ' Tongu-sa dano
nícon imbéra-som for Ultu a[6] cless sin doridisi,'
ol Cú Chulainn. 'Ad-condarc-su ém,' ol sé, ' indas
imma-tíag-sa a llind[7] oc Emain.' Con-recat íarum
issind áth. Gonaid-som dano in fer sin, ┐ do-bert
a chenn ┐ a fodb laiss.

"' Foichle in fer n-aile do-thét cuccut,' ol in
t-arae. ' Túachell a ainm. Ní lessainm dó, ar ní
tuit di arm etir.' ' Ondar do-som in del chliss

---

[1] *tacar* U, *taccar* Y.
[2] *chetforgam* U, *chetforcam* Y, *chetna forgum* E
[3] *toinges* MSS ; cf. *tongas* LU 1521.
[4] *dianotárle* U, *dianotairle* Y, *dianomthairli* E.
[5] *doessa* UY, *doess* E.
[6] *in* MSS.　　　　　[7] *inlind* MSS.

dia mescad, conid nderna retherderc[1] de,' ol Cú
Chulainn. Sréthius fair iarum in sleig conid ralae[2]
inna chomsuidiu. Do-luid a dochum íarum, ⁊ benaid
a chenn de.   Do-bert Cú Chulainn a chenn ⁊ a
fodb laiss dia araid fadessin.

"Co cúalae íar suidiu foíd a mmáthar inna
ndiad, .i. Nechtan Scéne. Do-beir a fodb di
suidiu, ⁊ do-beir na trí chenn[3] laiss inna charpat,
⁊ as-bert : 'Ní fuicéb trá mo choscor,' ol sé, 'co
rrís Emain Machae.'

"Do-cumlat ass iarum cona coscur. Is and sin
as-bert Cú Chulainn frissin n-araid : 'Do-rairngirt-
siu[4] dag-imrim[5] dúnn,' ol Cú Chulainn, '⁊ ro-sn-
ecam a less indossa, di ág[6] in tressa ⁊ inna íarra
fil innar ndiad.' Im-ríadat íarum co Sliab Fúait.
Ba hé lúas ind érmae do-n-ucsat íar mBregaib íar
ngrísad ind arad, co togrennitis ind eich fon
charput in ngaíth ⁊ inna éonu for lúamain, ⁊ co
táirthed Cú Chulainn in n-urchor do-lléced[7] assa
thailm resíu rísed talmain.

"Íar ríchtain doib Slébe Fúait, fo-recat almai
n-oss n-and ara ciunn. 'Cissí slabrae in díscer sa
thall ? ' ol Cú Chulainn. 'Oiss altai,' ol in t-arae.
' Cia de,' ol Cú Chulainn, 'bad ferr la Ultu, a
mmarb nach áe do breith doib nó a mbéo ? ' ' Is
inganto a mbéo,' ol in t-arae, ' doib. Ní cach óen

---

[1] *retherderg* MSS.   [2] *ralla* MSS.
[3] *cind, cinn* MSS.   [4] *dorargertaissiu*, &c. MSS.
[5] *dagérim* U.   [6] *daig* Y.   [7] = *do-n-léced.*

ón-da ricc[1] samlaid. A mmarb immurgu ní fil
úadib-som ónách rí.[2] Ní cumci-siu ón,[3] a béo
nach áe do breith,' ol in t-arae. 'Cumcim écin,' ol
Cú Chulainn. 'Indaig brot forsna echu[4] isin
mónai.' Do-gní in t-arae ón anísin. Glenait ind
eich isin mónai íarum. Taurling Cú Chulainn, ⁊
gaibid in n-oss ba nessam dó ⁊ ba choímem diib.
Slaittius sechnón na mónae ⁊ damainti fo chétóir.
Con-reraig[5] eter dí ḟeirt in charpait.

"Co n-accatar ní, éill ngésse ara ciunn aithir-
riuch. 'Cia de bad ḟerr la Ultu,' ol Cú Chulainn,
'a mbéo nó a mmarb do brith dóib?' 'Is a
mbéo beres a n-as béodu, ⁊ a n-as ségundo,' ol in
t-arae. Láthraid Cú Chulainn iarum cloich mbicc
forsna éonu co mbí ocht n-éonu diib. In-láa
aḟrithisi cloich móir co mbí dá én deac diib. Tre
tháithbémmen trá in sin uile.

"'Tecmall na éonu dún trá,' ol Cú Chulainn
fria araid. 'Mad messe dig[6] dia tabairt,' ol sé,
'con-cichuil[7] in dam allaid fort-su.' 'Ní réid
dam a thecht ém,' ol in t-arae. 'Ro dáissed imna
echu conná dichthim seccu. Ní étaim dano techt

----

[1] *darric* (?) Y, *ondarricc* E, *condric* U.

[2] *onachric* UE.

[3] *chumcison* U, *cumsisom on* Y, *cumcisi on* E.

[4] *forsin nechraid* Y.

[5] *cumrigis* UE, *cumraigis* Y.

[6] *theis* Y, of which the O.-Ir. orm would be *tías*,
3rd sg. rel. of pres. subj. of *téit*.

[7] *conclichfe*, &c. MSS.

sech nechtar in dá roth íarndae in charpait ara
fáebraigi, ¬ ní dichthim dano sech in dam, ar ro
lín a chongnae eter dí ḟeirt in charpait uile.'
' Cing-siu ammin¹ dia chongnu,' ol Cú Chulainn.
'Tongu-sa do día tongtae⁶ Ulaid, clóenad no
clóenub-sa² mo chenn fair, nó in tṡúil do-gén-sa
friss, nícon ḟoícher cor dia chiunn fritt ¬ nícon
lilmaither³ a glúasacht.' Do-gníth són íarum.
Con-rig Cú Chulainn inna éssi, ¬ tecmalla⁴ in t-arae
inna éonu. Con-reraig Cú Chulainn íar sin na
éonu di thétaib ¬ refedaib in charpait. Conid
samlaid sin luid do Emain Machae—dam allaid i
ndiad a charpait, ¬ íall gésse oc folúamain úaso
¬ trí chenn⁵ inna charput.

" Reccat íar sin co Emain. ' Cairptech do-rét
far ndochum,' ol in dercaid i nEmain Machae.
' Ar-dáilfe fuil laiss cach duini fil isind liuss mani
foichlither ¬ mani dichset mná ernochta friss.'
Do-soí-som íarum clár clé a charpait fri Emain,
¬ ba geiss dí anísin. Ocus as-bert Cú Chulainn :
' Tongu do día tongtae⁶ Ulaid, mani étar fer do
gléo frim-sa, ar-dáiliub fuil cach oín fil isin dún.'
' Mná ernochta ara chenn ! ' ol Conchobor. Do-tét

---

¹ aṁd U, aṁend Y, amin E. The restoration is
uncertain.
² = no-n-clóenub-sa with relative -n-. clóenfatsa MSS.
³ lémaither U, lemaiter E, linfaithir Y.
⁴ tecmala U, tecmolta Y, tecmallta E.
⁵ cind, cinn MSS.
⁶ tɔingte, toigthe U, tɔirgi, tongaid Y, tonˇ E.

íarum bantrocht nEmna ara chenn im Mugain
mnaí Conchobuir maic Nessa ⁊ do-nochtat a
mbruinniu friss. 'It é oaic in so con-ricfat frit
indiu,' ol Mugain. Fo-luigi-som[1] a gnúis. La
sodain atn-ethat láith gaile Emna ⁊ fo-cerdat i
ndabaig n-úar-uisci. Maitti imbi-som in dabach
hísin. In dabach aile dano i rrolad, fichis dornaib
de. In tress dabach i ndechuid iar suidiu, fo-sn-
gert-side combo chuimse dó a tess ⁊ a úacht.
Do-tét ass íarum, ⁊ do-bert ind rígain íar suidiu,
.i. Mugain, brat ngorm n-imbi, ⁊ delg n-argait
n-and, ⁊ léne chulpatach. Ocus saidid fo glún
Chonchobuir íarum, ⁊ ba sí sin a lepaid do grés
íar sin.[2] Fer do-rigni sin inna sechtmad blíadain,''
ol Fíachu mac Fir Febe, '' nípo machdad cia
chon-bósad-side[3] for écomlonn ⁊ cia notragad[4] for
comlonn, in tan ata lána a secht mblíadnai[5] deac
indiu.''

[In the preceding extracts have been given the chief
of the '' Mac-gnímrada Con Culainn,'' the boyish feats of
Cú Chulainn, as narrated to the Connachtmen by the
Ulster exiles who were in the invading host. The
following passages are extracts from the body of the
Táin. When the invasion took place, the warriors of
Ulster were in a state of debility ('' cess ''), to which
they were periodically subject in consequence of an
ancient curse. From this sickness Cú Chulainn was
exempt, and on him fell the defence of Ulster.]

[1] *foiligiseom*, &c. MSS.
[2] *sudiu* U.   [3] *chonbosaide* MSS.
[4] *nodragad* E.   [5] *sé blia~* U.

V

HOW CÚ CHULAINN DELAYED THE INVADERS.

[U 4776–4830 ; Y 283–340 ; E 128,5—129,23]

Cú Chulainn had gone to keep a tryst with Fedelm
Noíchride. Next day he discovers that the invaders
have passed him.

Féotar íarum i Cúil Sibrille. Ferais snechtae
mór forru co fernu fer ⁊ co drochu carpat.

Ba moch a mmatan íarnabárach[1] do éirgiu.
Nírbo sí sin adaig robo sámam dóib lasin snechtae,
⁊ ní airgénsat biada dóib ind adaig sin. Nípo
moch didiu do-lluid Cú Chulainn assa bandáil.
Anais co foilc ⁊ co fothraic.

Do-tét íarum for lorg in tslóig. " Ní mad
lodmar dó," ol Cú Chulainn, " ná mertamar Ultu.
Ro léicsem slóg forru cen airfius. Cuire airdmius
dún tarsin slóg," ol Cú Chulainn fri Lóeg, " co
fessamar lín in tslóig." Do-gní Lóeg anísin, ⁊
as-beir fri Coin Culainn : " Is mesc lim-sa," ol
sé, " anísiu ; ní ermaissim." " Nípa mesc

---

[1] *arnabárach* MSS. In the O.-Ir. glosses I have noted
only *arabárach* Ml. 48*d*12, 98*a*5. Owing to the
scantiness of the material, it is impossible to decide if
this was the only O.-Ir. form.

ad-cichiu,¹ acht² rís-sa," ol Cú Chulainn. "Tair assin
charput,³ didiu," ol Lóeg. Téit⁴ Cú Chulainn assin
charput,³ ┐ fo-ceird airdmius forsin lorg íar céin
móir. " Cid tussu," ol Lóeg, " ní réid fort."
" Is assu ém dam-sa," ol Cú Chulainn, " ol-daas
duit-siu. Air ataat trí búadae form-sa, .i. búaid
roisc ┐ intliuchta ┐ airdmessa. Ro láus-sa didiu
trá," ol sé, " fomus forsanísin. Ocht tríchait chét
deac in so," ol sé, "ara rím, acht fo-rodlad in
t-ochtmad trícha cét deac fon slóg n-uile, conid
mesc fria rím .i. trícha cét na nGalión."

Do-luid Cú Chulainn íarum timchell in tṡlóig
co mboí oc Áth Grena. Benaid gabuil i suidiu
óen-béim⁵ cona chlaidiub, ┐ sáidsius for medón
na glaisse, conná dichtheth carpat friae disíu nách
anall. D-a-fuircet⁶ occo Eirr ┐ Indell, Foich ┐
Fochlam a ndá arae. Benaid-som a cethir⁷ chenna

---

¹ atchiu U, adchiu Y, atciu E. As after mesc, by the
O.-Ir. rule, an infixed relative would be required, we
should expect adciu = ad-n-ciu. But the corruption is
probably deeper, for after the fut. -ba another future
would be regular. Hence in all probability ad-cichiu
should be restored, it will not be confusedly that I shall see.

² acht co MSS.

³ isin carpat, &c. MSS.   ⁴ tic LU.

⁵ In O.-Ir. bémmim would be the usual form of the
dative, as on p. 26, but cf. Ml. 19d5, 75b4, 84c9, 85c6.

⁶ dofuircet U, dofurget Y, dosfurget E.

⁷ cethri UE, ceithri Y.

diib ⁊ fo-ceird for cethéora benna na gablae. Is
de atá Áth Gablae.[1]

Tíagait íarum eich in chethrair i n-aigid in tslóig
⁊ a fortchai forderga foraib. Inda leo ba cath boí
ara ciunn isind áth. Do-tét buiden úadib do
déicsin ind átha. Ní accatar ní and acht sliucht
ind óencharpait, ⁊ in gabul cosnaib cethrib cennaib[2]
⁊ ainm n-oguim íarna scríbund inna tóeb. Ricc
in slúag uile la sodain. " In diar muintir-ni na
cenna ucut ? " ol Medb. " Is diar muintir-ni ón
⁊ is diar forglidib," ol Ailill. Ar-léga[3] fer diib in
n-ogom ro boí i tóeb na gablae, .i. "Óenfer ro lá[4]
in gabuil cona óen-láim, ⁊ ní téssid secce conda
rala nech úaib[5] cona óen-láim cenmi-thá[6] Fergus."
" Is machthad," ol Ailill, " a thraite ro mbíth in
cethrar." " Nábad ed bas machdad lat," ol
Fergus ; " bad béim na gablae di bun óen-béim,
⁊ massu óen-léod a bun is crichidiu de, ⁊ a intádud

---

[1] *athngabla* UE, *ath gabla*, with a letter erased before *g*,
Y. So *áth mBude* LU 5800, where YBL 1329 has *ath
buide.*

[2] *cosna (cusna* YE) *cethri cinnu* MSS.

[3] *ardléga* U ; *ardlega*, with *o* under *d* Y. If there be
an anticipatory infixed pronoun, we should have expected
arallega = ar-an-léga. In Mid.-Ir. *d* forms of the infixed
pronoun appear after *ar-* in non-relative forms—e.g.
ar-da-slig LU 4574. The *ar-* follows the analogy of
for-, which in O.-Ir. took the *d* forms.

[4] *rodlá* UY. As *gabul* is fem., with the anticipatory
infixed pronoun we should have had *ro-da lá.*

[5] *dib* Y.   [6] *cenmothá* MSS.

in tucht sa ; ol ní claide ro chlass remi[1] ⁊ is a íarthur carpait ro láad co n-óen-láim."

" Dingaib dínn in n-écin se, a Fergus," ol Medb. " Tuccaid carpat dam-sa trá," ol Fergus, " conda tuc-sa ass, co ndercastar[2] inn óen-léod a bun." Brissis Fergus íarum cethri cairptiu deac dia cairptib, combo assa charput fessin do-s-mbert a talmain, co n-accatar[3] ba óen-léod a bun.   " Is tabarthi do airi," ol Ailill, " indas in chenéuil cosa tíagam.   Ergnad cách úaib a biad.   Nírbo sám dúib irraír lassin snechtae.   Ocus aisndethar[4] dún ní do imthechtaib ⁊ airscélaib in cheníuil cosa tíagam."

Is and sin trá ad-fessa dóib imthechta Con Culainn.   Im-comairc Ailill iarum :   " Inn é Conchobor do-rigni in so? "   " Nách é," ol Fergus. " Ní tergad-side co or críche cen lín catha imbi." " Ceist, inn é Celtchar mac Uthidir ? "   " Nách é. Ní tergad-side co or críche cen lín catha imbi." " Ceist, inn é Éogan mac Durthacht ? "   " Nách

---

[1] *rempe, rempi* MSS.

[2] *condercaiss* U, *-ass* Y, *-ais* E ;   *co ndercastar (that it may be seen)* has been restored, because (1) in this verb *s* forms are regularly confined to the passive, the 2nd sing. subj. act. would be *co ndercither*, (2) if the form were active, the 2nd pl. might have been expected after the pl. *tuccaid*.

[3] *conaca* U.

[4] *innister* MSS., a verb which I have not met in O.-Ir. documents.

é," ol Fergus. " Ní tergad-side tar or cocríche cen
tríchait carpat n-imrind imbi. Is é fer do-génad
in ngním," ol Fergus, " Cú Chulainn. Is é no
biad[1] a crann óen-béimmim[2] di bun, ⁊ no génad
in cethrar ucut in praipi[3] ro mbítha, ⁊ do-regad
dochum críche ⁊ a arae."

---

[1] *nobenfad* MSS.   [2] *oenbeim* Y.
[3] *ñi praipi* U, *a phraipi* E.

VI

How Cú Chulainn slew Fróech

[U 5212–5238 ; Y 734–761 ; E 139, 28—142, 22]

" Tíagam ass trá in fecht sa[1] " ol Ailill. Ro-eccat
íarum Mag Mucceda. Benaid Cú Chulainn omnai
ara ciunn i suidiu, ⁊ scríbais ogom inna tóeb. Iss
ed ro boí and, arná dechsad nech secce[2] co ribuilsed
eirr óen-charpait. Fo-cerdat a puiplea[3] i suidiu,
⁊ do-tíagat dia léimmim inna cairptib. Do-fuit
trícha ech oc suidiu ⁊ bristir trícha carpat and.
Belach nÁnae íarum, iss ed ainm inna maigne sin
co bráth.

Bíit and co arabárach.   Con-gairther Fróech
doib. " To-n-fóir, á Froích," ol Medb. " Díuscart[4]
dínn in n-écin fil forn. Eirg dúnn ar chenn[5] Con
Culainn, dús in comrasta friss."

Do-cumlai ass matain muich nónbor co mboí
oc Áth Fúait, co n-accae in n-óclaig occa fothrucud
isind abainn. " Anaid sund," ol Fróech fria
muintir, " conid ral-sa[6] frissin fer n-ucut. Ní
maith i n-uisciu," ol sé. Ticsa[7] a étach de. Téit
issin n-uisce a dochum. " Ná tair ar mo chenn-sa,"

---

[1] *hifechtsa*, &c. mss.   [2] *sechai* UE, *seccai* Y.
[3] *pupli* UE, *puipli* Y.
[4] *discart* U, *discart* E, *dichosctarad* Y.
[5] *cind* mss.
[6] *conidrolursa* mss.
[7] *tiscaid* U, *tiscaid* Y, *tisccuith* E.

ol Cú Chulainn. "At-bélae de, ⁊ is tróg lim do
marbad." "Rega[1] ám,"[2] ol Fróech, "co comair-
sem isind uisciu, ⊣ bad chert do chluiche frimm."
"Committe són amal bas maith lat," ol Cú
Chulainn. "Lám cechtar náthar imm araile," ol
Fróech. Ata-agat[3] co céin móir oc imthascrad
forsind uisciu ⊣ báittir Fróech. T-an-ócaib súas
afrithissi. "In dul so," ol Cú Chulainn, "in
ndidmae th'anacol?" "Nícon didem," ol Fróech.
Atn-aig Cú Chulainn foí aithirriuch conid appad
Fróech. D-a-cuirethar[4] for tír. Berait a muinter
a cholainn co mboí issin dúnud. Áth Froích is ed
ainm ind átha sin co bráth.

Coínti a ndúnad n-uile[5] Fróech. Co n-accatar
banchuire i n-inaraib úanib for colainn Froích
maic Idaid. F-a-cessat úadib issa síd. Síd Froích
ainm in tSíde sin íarum.

Lingid Fergus darsin n-omnai inna charput.

<hr />

[1] *ragat*, &c. MSS. [2] *óm* U, *am* Y, *éim* E.
[3] *atnagait* U, *atnagaid* Y, *atnaghat* E.
[4] *tocurethar* U, *docuirethar* Y, *docuirith⁀* E.
[5] *indunad uile* Y.

VII

HOW CÚ CHULAINN SLEW ETARCOMOL

[U 5625; Y 1145; E 148, 15]

[Fergus goes to make a compact with Cú Chulainn
that every morning a man should be sent to fight with
Cú Chulainn at the ford: if he fell, the invading army
should remain where it was till the following morning,
when another man must be sent in the same manner.
Etarcomol accompanies Fergus.]

Luid Fergus íarum forsin n-immarchor n-ísin.
Lil di ṡuidiu dano Etarcomol mac Eda ⁊ Léthrinne,
mac-daltae Ailella ⁊ Medbae. " Ní accobor lem
do thecht," ol Fergus, " ⁊ ní ar do miscuis. Scíth
lim nammá comrac dúib ⁊ Cú Chulainn. Do
ṡotlae-su¹ ⁊ do ṡoisle; luinde ⁊ ansirce, drús ⁊
tairpthige² ⁊ dechrad do chéli .i. Con Culainn.
Ní bia maith difar comruc." " Cani séitir lat-su
mo snádud airi ? " ol Etarcomol. " Séitir dano,"
ol Fergus, " acht nammá ní tardae arad fri
díardain." Teccat de i ndib cairptib do Delgae.³

Boí Cú Chulainn ind úair sin oc imbirt búanfaig
fri Lóeg—a di chúlaid-som friu ⁊ enech Loíg.
" Ad-cíu dá charpat cucunn," ol Lóeg. " Fer mór
donn issin charput toísech. Folt donn cróebach
fair. Brat corcrae imbi. Éu óir and. Léne

---

¹ ṡotlasu Y, ṡotlasa E, sotlacht U.
² tarpige U, tairpthigi Y.   ³ Delga MSS.

chulpatach co nderg-intliud imbi.   Crom-scíath
co faebur chondúala fair di findruini.   Mánaís
bréfech ó mimusc co adairc inna láim.   Claideb
sithidir lui curaig for a dib slíastaib."   " Is fás
ind lue mór sin do-berar lam popa Fergus," ol
Cú Chulainn, " ar ní fil claideb inna intiuch inge
claideb cruinn.   Ad-coas dam dano," ol Cú
Chulainn, " ro gab Ailill a mbáegul inna cotlud,
héseom ⁊ Medb.   Ocus do-rétlastar[1] a chlaideb
ar Fergus ⁊ do-rat dia araid dia thoschid, ⁊ do-
ratad claideb cruinn inna intech."

Ticc Fergus fo sodain.   " Fo chen sin, a phopa
a Fergus," ol Cú Chulainn.   " Dia tonna[2] íasc isna
inbera,[3] rot bia éo[4] co lleuth[5] araili.   Dia tí íall i
mmag, rot bia cauuth[6] co lleuth[5] alaili.   Dorn
birair nó femmair, dorn fochlochta, deug de
ganim.   Techt i n-áth ar chenn fir[7] má thecra
t'immaire, co comtolae, rot bía."   " Is taraisse
lim," ol Fergus.   " Ní do biad do-roachtamar ;
ro-fetamar do threbad sund."   Ar-foím Cú Chulainn
íarum· in n-immarchor ó Fergus.

Téit Fergus ass íarum.[8]   Anaid Etarcomol oc

[1] dorétlaistir U.   The deponent form is characteristic of
Mid.-Ir., but what it has replaced here is not clear.

[2] tonda Y, tonná E, tí U.

[3] ininb˘ U, isna hinberuib E, isna haibnib ł isna hind-
beraib Y.

[4] hé UY.   [5] lleith, leth MSS.

[6] caúth U, cad E.   [7] ar do chend tis Y.

[8] teit iarum remi Fergus Y.

déicsin Con Culainn. "Cid do-écai?" ol Cú
Chulainn. "Tussu," ol Etarcomol. "Mos tair-
chella ém súil dar sodain," ol Cú Chulainn. "Is
ed ón ad-chíu," ol Etarcomol. "Ní fetar ní
arndot áigthe[1] do neoch. Ní accim di gráin ná
herúath ná forlonn líno latt. Maccóem tuchtach
amne co ngaisciud do ḟid[2] ┐ co clessaib ségdaib
atot-chomnaicc." "Cia- nom cháine," ol Cú
Chulainn, "nít gén-sa fo bíth Fergusa.[3] Manipad
do ṡnádud immurgu, roptis do renga rigthi ┐ do
chethramthain scaílti ricfaitis úaim dochum in
dúnaid i ndegaid do charpait." "Náchim thomaid
im ṡodain," ol Etarcomol. "In cor amrae ro
nenasc[4] .i. comrac fri óenḟer, is messe ceta-
comraiccfe frit di ḟeraib Hérenn imbárach."

Téit ass íarum. Tintaí aḟrithisi ó Méthiu ┐
Chethiu, a n-as-mbert[5] fria araid : "Ro bágus,"
ol sé, "fíad Ḟergus comrac fri Coin Culainn
imbárach. Ní assu dún didiu a indnaide. Toí
forsna echu asin telaig doḟrithisi." At-chí Lóeg
anísin ┐ as-beir fri Coin Culainn : "Do-fil in carpat
aḟrithisi ┐ do-rala clár clé frinn." "Ní fíach opaid,"
ol Cú Chulainn. "Ara chenn dún sís dond áth
co fessamar," ol Cú Chulainn. "Ní accobor lem,"
ol Cú Chulainn, "a con-daigi form." "Is écen

---

[1] *ardottáigthe* U, *arṅdotaigi* Y, *arnotaigthe* E.
[2] *doid* U, *doith* YE. [3] *Fergus* U, *fer˘* YE.
[4] *ronenaisc* UY, *ronenasc fort* E.
[5] *anasbert, anispert* MSS.

duit-siu ón,'' ol Etarcomol.   Benaid Cú Chulainn
in fót boí fo[1] chossaib, co torchair inna lige ⁊ a fót
fora thairr.   '' Eirg úaim,'' ol Cú Chulainn.   '' Is
scíth lem glanad mo lám indiut.   Fo-t-dáilfinn i
n-il-phartib ó chíanaib acht nípad[2] Fergus.''   '' Ní
scarfam in chruth sa,'' ol Etarcomol, '' co rruc-sa
do chenn-su, nó co farcab-sa mo chenn lat-su.''
'' Is ed ón ém bías and-som,'' ol Cú Chulainn.
Bentai Cú Chulainn cona chlaidiub ósa[3] dib
n-oxalaib co torchair a étach nde,[4] ⁊ ní forbai
imma chness.   '' Colla trá,'' ol Cú Chulainn.
'' Aicc,'' ol Etarcomol.   D-an-aidlea Cú Chulainn
íarum co fogaid in chlaidib co sebaind[5] a folt de,
amal bid co n-altain no berrthae.   Ní foruim[6] cid
drisiuc for toinn dó.   Ó ropu thromdae íarum ⁊
ropo lenamnach in t-aithech, bentai hi fossud a
mullaig conid rann[7] corrici a imblinn.

Co n-accae Fergus in carpat sechae ⁊ in n-óenfer
and.   Tintaí Fergus do debuid fri Coin Culainn.
'' Olc duit, a ŝiriti,'' ol sé, '' mo díguin.   Is garait
mo lorg latt,'' ol sé.   '' Nába lond frimm, á phopa
Fergus,'' ol Cú Chulainn.[8]   D-a-lléci inna ŝléchtan
co ndechuid carpat Fergusa tarais co fo thrí.

---

[1] = *foa*.	[2] *manibad* U.
[3] *asa* U, *isa* YE.	[4] *de* U.
[5] *sebaid* YE.	[6] *forroim* MSS.
[7] *rorann* MSS.	

[8] A few obscure lines are omitted here, which do not
affect the sense.

" Íarfaig dia araid in mé fo-t-rúar."[1]   " Náthú[2]
écin," ol a arae-som.   " As-rubart," ol Cú Chulainn,
" ní regad co rrucad mo chenn-sa nó co farcbad-
som dano a chenn lem-sa.   Cia de bad assu lat-su,
a phopa a Fergus ? " ol Cú Chulainn.   " Is assu
ém lem-sa a ndo-rónad," ol Fergus, " óre is éseom
robo úallach."

Atn-aig Fergus íarum id n-erchomail tria dí ferid,
⁊ beirthi i ndead a charpait fadessin don dúnud.
In tan no téiged tar cairrce, no scarad a leth
ólailiu[3] ;   in tan ba réid, con-rictis afrithissi.
D-an-ecai Medb.   " Ní bóid ind imbert móeth-
chuiléoin sin, á Fergus," ol Medb.   " Ní tochrad
dam dano in t-aithechmatud," ol Fergus, " glieid
frissin coin móir nád n-argarad."

Cladair a fert iarum ; sáitir a liae ; scríbthair a
ainm n-oguim ; agair a gubae.

___

[1] *fódrúar* U.   *fo-t-rúar* = *fo-d-d-rúar*, lit. *that has caused
it* ; see *fo-fera*.

[2] Leg. probably *nách tú*.   [3] = *ó alailiu*.

VIII

How Cú Chulainn slew Nad Crantail

[U 5708–5785; Y 1233–1313; E 150, 14—152, 18]

" Cia fer fil lib ar chenn Con Culainn imbárach ? "
ol Lugaid. " D-a-bérat[1] duit-siu imbárach," ol
Maine mac Ailella. " Ní étam nech ara chenn,"
ol Medb ; " ron bíth essomon laiss co comtastar
fer dó." At-chotat[2] ón dano. " Ced leth regthar
úaib," ol Ailill, " do chuindchid ind fir sin ar
chenn Con Culainn ? " " Ní fil i nÉre," ol Medb,
" ad-chotar dó, mani tuicther Cú Roí mac Dáiri
nó Nad Crantail fénid." Boí fer di muintir Chon
Roí issin phupull.[3] " Ní terga Cú Roí," ol sé,
" is lour leiss do-dechuid dia muintir and."
" Tíagar co Nad Crantail didiu."

Téit Maine Andoí cuci. Ad-fíadat a scéla dó.
" Tair linn di giull di inchaib Connacht." " Ní
reg-sa," ol sé, " inge má do-berthar Findabair
dam." Do-tét leo íarum. Do-berat a gaisced i
carr a airthiur Chonnacht co mboí issin dúnud.
" Rot bía Findabair," ol Medb, " ar dul ar chenn
ind fir ucut." " D-a-gén," ol sé. Do-tét Lugaid
co Coin Culainn in n-aidchi sin. " Do-tét Nad

---

[1] *doberat* YE.

[2] *atchotad* U, *atcotadh* YE ; *at-chotat* = *ad-d-chotat* (*they
obtain it*), where the infixed pron. anticipates *ón.*

[3] *phupaill* U, *pupall* Y, *pupuill* E.

Crantail ar do chenn-su imbárach.. Is dirsan duit ;
ní fóelais." " Ní báe sin," ol Cú Chulainn.

Téit Nad Crantail arabárach[1] assin dúnud, ᒣ
berid noí mbera cuilinn fúachtai follscaidi laiss.
Is and boí Cú Chulainn i suidiu oc foraim én, ᒣ a
charpat inna arrad. Sréid Nad Crantail biur for
Coin Culainn. Clissis Cú Chulainn for rind in bera
hísin, ᒣ ní nderbai di foraim inna n-én. A chumut
na ocht mbera aili. In tan fo-ceird a nómad mbiur,
techid ind fall ó Choin Chulainn i suidiu. Luid
Cú Chulainn íarum for sliucht na éille. Cingid
íarum for rindris na mbera amal én di cach biur
for araill[2] i n-íarmóracht na n-én arnách n-élaitis.
Glé la cách immurgu ba for teched luid Cú Chulainn
riam-som.[3] "Far Cú Chulainn ucut," ol sé, "do-
cóid rium-sa for teched." " Deithbir són," ol
Medb ; " má r-an-istais dag-oaic, ní gébad in
sirite fri féta." Ba sáeth la Fergus co nUltaib
anísin. Do-tét Fiachu mac Fir Febe úadib do
chosc Con Culainn. " Epir[4] friss," ol Fergus, " ba
fíal ndó buith arnaib ócaib, céin do-ngéni[5] calmae.
Is féliu dó immurgu," ol Fergus, " a imfolach in
tan teches ria n-óenfiur, ol nípo móo a gress dó
in-daas do Ultaib ol-chenae."[6] " Cía ro moídi
sin ? " ol Cú Chulainn. " Nad Crantail," ol Fiachu.
" Cid ed no moíded-som, a cless do-rignius-sa

---

[1] *arnabárach* MSS.   [2] *araile*, &c. MSS.
[3] *remiseom, remisim* MSS.   [4] *apair* MSS.
[5] *dogeni* MSS.   [6] *archena* MSS.

fíada, nípu anféliu dó," ol Cú Chulainn. " Nícon
moídfed-som ém acht no beth[1] arm inna láim.
R-a-fetar-su[2] ém, ní gonaim-se nech cen arm.
Táet trá imbárach," ol Cú Chulainn, " co mbé
eter Ochinne ⁊ muir, ⁊ cid moch do-n-té, fo-m-
ricfa-sa and ⁊ ní tess[3] riam." Tairnic Cú Chulainn
íarum a dáil, ⁊ fo-ceird fáthi n-imbi iar cathais na
aidche ⁊ ní airigestar in coirthe már boí inna
arrad, comméite friss fessin. D-a-ratailc etir ⁊ a
brat, ⁊ saidid inna arrad.

Tic Nad Crantail fo sodain. I fénai brethae arm
la suide. " Cate Cú Chulainn ? " ol sé. " Unse
sund tall," ol Fergus. " Nípu samlaid do-m-árfas
indé," ol Nad Crantail. " In tú in[4] Cú Chulainn ? "
" Ocus massu mé dano ? " ol Cú Chulainn. " Massu
thú ém," ol Nad Crantail, " nícon ruccaim-se cenn
úain bicc don dúnud ; ní bér do chenn ngillai
amulaig."[5] " Nícon messe etir," ol Cú Chulainn.
" Eirg a dochum timchell ind aird." Do-tét Cú
Chulainn co Lóeg. " Commail uilchi smerthain[6]
dam-sa latt. Ní étar forsin trén-ḟer comrac frimm
cen uilchi." Do-gníth-ide[7] dó.

[1] acht (provided that) is usually followed by ro- or its
equivalent, cf., however, act ni bed uall and, Wb, 10b27.

[2] Rafetarsu U, Nafetarsu Y, Rofetursa E.

[3] teis UE, theis Y.

[4] om. UE. In Cú Chulainn (the (famous) Cú Chulainn).

[5] namulaig U, namuluig E, namulaich Y.

[6] smertha Y ; cf. ulcha smérthain LU 6128 = ulcha
smerthain YBL 1641.

[7] = do-gnith-side ; dognithe U.

Téit ara chenn forsin taulaig. "Córu lim ón," ol sé. "Déne cóir ngaiscid frim trá," ol Nad Crantail. "Rot bía són, co fessamar," ol Cú Chulainn. "Fo-cichiur-sa aurchor duit," ol Nad Crantail, "⁊ ní n-imgabae." "Ní n-imgéb acht i n-arddai," ol Cú Chulainn. Fo-ceird Nad Crantail aurchor dó. Lingid Cú Chulainn i n-arddai riam. "Is olc duit a imgabáil ind aurchora," ol Nad Crantail. "Imgabae-su mo aurchor-sa i n-arddai dano," ol Cú Chulainn. Léicid Cú Chulainn in ngae fair, acht ba i n-arddai, conid anúas do-corastar inna mullach, co lluid triit co talmain. "Amae," ol sé, "ale! is tú láech as dech fil i nHérinn," ol Nad Crantail. "Ataat cethir maicc fichet dam-sa issin dúnud. Tíag-sa¹ co n-écius dóib a fil limm di foilgib. Ocus do-reg-sa co ndernae-su mo díchennad, air at-bél-sa, dia talltar in gae as mo chiunn." "Maith," ol Cú Chulainn, "do-téis dofrithissi."

Téit Nad Crantail iarum don dúnud. Do-tét cách ara chenn.² "Cate cenn ind riastarthai lat?" ol cách. "Anaid, a láechu, co n-écius mo scéla domo maccaib, ⁊ co ndechus mofrithisi,³ co ndern⁴ comrac fri Coin Culainn."

---

¹ *tiagasa* U, *tiagso* Y. *tiag* (*I will go*), ipv. sing. 1st of *tiagu*.

² *chind, ćind* MSS.

³ *morisi* YE, *dorissi* U. In *do frithissi* and *mo frithissi* here the appropriate possessives are used; see under *frithissi*. ⁴ *dernar* MSS.

Téit ass do šaigid Chon Culainn, ⁊ do-léici a chlaideb for Coin Culainn. Lingid-side i n-arddai, co mbí in coirthe, co mmemaid in claideb i ndé. Síabarthae[1] im Choin Culainn, amal do-rigni frisna maccu i nEmain, ⁊ lingid Cú Chulainn fora scíathsom la sodain co mbí a chenn de. Bentai aithirriuch inna méde anúas co imblinn. Do-fuitet a chethri[2] gabaiti for talmain. Is and sin íarum as-bert Cú Chulainn in so :

> Má do-rochair Nad Crantail,
> bid formach dond immargail ;
> apraind cen chath isind úair
> do Meidb co triun in tšlúaig.

[1] *siartha* MSS.

[2] In Mid.-Ir. *cethri* becomes the general form for all genders. As the gender of *gabaiti* is unknown, the O.-Ir. form appropriate here is uncertain.

GLOSSARY

The numbers refer to the pages.

1. **a,** in **ní réid dam a thecht,** *it is not easy for me so to go,* lit. *its going is not easy for me,* 19. For the force of the neut. poss. before the verbal noun see s. vv. **són** and **maidid.**

2. **a, (as),** prep. with dat., *out of*; **a (h)íarthur in charpait,** 25; with affix pron. sg. 3. n. **ass,** 10; often adverbial, **téit ass,** *he goes forth,* 2, 4, &c.; before proclitics **as(s),** hence with poss. sg. 1 **asmo láim,** 17; 3 m. **assa mulluch,** 3; and with art. **as(s)in charput,** 12, 23.

-a-, infixed pron. sg. 3 neut.: **r-a-chúala,** *I heard it,* 12.

ab, g. **abae,** f. *river*; dat. **abainn,** 27; acc. **abainn,** 15. The nom. also occurs as **aub, oub, abann,** and the g. as **abann**; pl. dat. **aibnib**; the original declension is uncertain.

acc, *no,* 14; **aicc,** 32.

accae, accim, see **ad-cí.**

accobor, g. **accobuir,** n. *desire*; **ní accobor lem,** *I do not desire,* 29, 31.

acht, *but*; with subj., *provided that*; **acht rís-sa,** 23. **acht nípad Fergus,** *but for Fergus,* 32.

ad-ágathar, *fears*; neg. **ní ágathar**; past subj. pass. **arndot áigthe,** *for which thou shouldst be feared,* 31; verb. noun **áigthiu,** g. **áigthen,** f.

adaig, g. **aidche,** f. *night,* 4; dat. **ind adaig sin,** 22; acc. **in n-aidchi sin,** 34.

ad-aig, *drives, impels, puts,* &c.; **atn-aig** (=**ad-dn-aig**) **foí,** *he thrusts him down,* lit. *under him* (or *it*), 28; **ata-agat oc imthascrad,** *they set to wrestling,* 28.

adall, g. **adaill,** n. *visit, visiting,* verb. noun of **ad-ella ;
adall ⁊ tadall,** *visiting and revisiting,* 7, corresponding
to the following **techt ⁊ tuidecht.**

adarc, g. **adarcae,** f. (1) *a horn* ; (2) *some part of a spear,*
30. In the latter sense it appears also in YBL. 4*a* 38 :
**Tumais iarom German erlainn a gai cona adairc isan
abaind,** *then German dipped the handle of his spear with
its " horn " into the river,* and in Laws iv. 226 **in
cnairsech, dá dorn dég itir a hiarann ocus an baile a
n-egarthar a hadarc fuirre** (leg. **for**) **a fochair .i. a
hurlann,** *the spear, twelve fists between its iron (head)
and the place where its " horn " is put on its extremity,*
i.e., *its handle.* O'Davoren s.v. **cnarr** has **cnarr .i. ga** :
**ut est dá dornn .x. etar a hiarann ⁊ a fochair .i. a
hurlann.** From a comparison of the last two passages,
it would seem that the **adarc** was at the junction of
the shaft (**crann**) and the handle (**irlann**), but what
precisely it was is not clear. In the handles of many
of the spears preserved in Dublin there are little holes
perforated to rivet them to the shaft.

ad-cí, *sees* ; pres. ind. sg. 1 **ad-cíu,** 29, **-accim,** 31 ; sg. 3
at-chí, 31 ; pret. sg. 3 **-accae,** 4 ; pl. 3 **-accatar,** 19 ;
perf. sg. 2 **ad-condarc,** 17 ; fut. sg. 1 **ad-cichiu,** 23 ;
verb. noun **aicsiu,** g. **aicsen,** f. The narrative sense
is expressed by means of **co n- : co n-accae,** 4.

ad-coas, see **ad-fét.**

ad-cota (**ad-com-tá-**), *obtains,* neg. **ní éta** (**en-tá-**). **at-
chotat,** *they obtain it,* 34 ; **ní étam,** ib. ; pass. ind. pres.
ní étar, 36 ; subj. pres. **ad-chotar,** 34 ; **mani étar,** 20 ;
verb. noun **ét.** From **étaim** has come Mod.-Ir.
féadaim. So **ní étaim dano techt sech nechtar in dá
roth,** 19, would best be translated by *I cannot go past
either of the two wheels.*

ad-eumaing (**in-com-ic-**), impers. *happens, befalls* ; pf.
atom-chomnaicc, lit. *that has befallen me = (that) I
am,* 3; **atot-chomnaicc,** *thou art,* 31; verb. noun **ecmong.**

ad-daim, *acknowledges, professes, recognizes*; sg. 1 prot. atmu, 3; verb. noun aititiu, f.

ad-doí, *kindles*, 5; verb. noun atúd, mod. adúdh, fadúdh, &c.

ad-ella, *approaches, visits*; pret. ad-ell; verb. noun adall, q.v. In ad-ell … laiss, 7, the laiss has no appreciable force: cf. atdub-elliub lemm, *I shall visit you*, Wb. 7 *a* 4, and Mod.-Ir. imthigh leat.

ad-etha, *seizes*. atn-ethat, 21 = ad-dn-ethat, *they seize him*.

ad-fét, *tells, relates*, 15; pl. 3 ad-fíadat, 34; perf. sg. 3 ad-cuaid, 6; pret. pass. ad-fess, pl. ad-fessa, 1, 25; perf. pass. ad-coas, 30; subj. corresponding to ad-cuaid, sg. 1 -écius, 37.

ad-indnaig (ad-ind-aneg-), *leads*; fut. sg. 3 ad-indain, 13; céin ad-n-indain in tslige, *as far as the road shall lead*.

áe, *of them*; see nach.

áes, g. aís, n. *age*, 8.

aḟrithisi, see frithissi.

ág, in phrase di ág with gen., *because of*, 18.

agair, see aigid.

aice, see acc.

aidchi, see adaig.

aiged, agad, g. aigthe, f. *face*; i n-aigid, *against, towards, to meet*, 24.

aigid, *drives, celebrates (a festival or a ceremony of mourning for the dead)*; pass. agair, 32; verb. noun án, q.v.

áigthe, see ad-ágathar.

aile, neut. aill, *other, another, second*, 1, 10, 17, 21.

ailid, *nourishes, rears*, -ail; fut. sg. 3 eblaid, -ebla, fut. pass. ebaltair, 10; pret. pass. altae, 1; verb. noun altram.

áln, see án.

ainech, enech, neut. pl. (1) *face*, 29, (2) *honour*, 9; di inchaib, *for the honour*, 34.

D

ainm, g. **anmae**, n. *name*, 3 ; pl. **anman**, 15 ; *inscription*, 24.

air, see 2. **ar.**

airber, f. *armful, load*, 2.

airchetal, g. **airchetail**, n. *poetry, a poem* 13 ; verb. noun of **ar-cain**, *recites, sings.*

airdirc, *conspicuous, illustrious*, 12 ; **a n-airdirci**, neut. pl., *their famous places*, 15.

airdmius, g. **airdmessa**, m. *calculation, estimate.* **cuire airdmius tarsin slóg**, lit. *put an estimate over the host*, i.e. *make an estimate of the number of the host*, 22.

1. **aire**, m. *load*, 4.

2. **aire**, f. *heed, notice.* **is tabarthi do airi**, *it is to be taken into consideration*, 25.

airegdae, *pre-eminent, illustrious* ; superl. **airegdam**, 6.

air-fius, *knowledge.* **cen airfius**, *unawares*, 22.

airgénsat, see **ar-fogni.**

airigid(ir) *perceives*, 15 ; pret. sg. 3 **ní airigestar**, 36.

air-scélae n. *a famous tale* ; pl. 1, 11, 25.

airther, g. **airthir**, n. *the east*, 34.

aisndethar, see **as-indet.**

aiss, *back* ; **fria aiss**, *on his back*, 2.

aite, *foster-father* ; pl. **aiti**, 4. Mod.-Ir. **oide.**

aithech, g. **aithig**, m. *churl*, 32.

aithech-matud, *a dog of a churl*, 33.

aithirriuch, *again*, 28, 38 ; dat. of **aithirrech**, n., *repetition.*

al-aile, ar-aile, neut. **al-aill, ar-aill**, *another, the other* ; **co lleuth alaili (araili)**, *with half of another*, 30 ; **as-oilgg alaili**, *he opened the other*, 2 ; **imm alaile**, *about one another*, 28 ; **iar n-arailiu**, *according to another version*, 9 ; **ólailiu**, 33 ; **araill . . . araill . . .**, *some . . . others*, 9 ; before a noun *a certain*, **araile**, 12 ; **araile dia felmaccaib**, *one of his pupils*, 10.

ale, an interjection, 37 ; cf. **Acallam na Senórach** (Ir. Texte iv), 6791, 7447, 7622.

allae andess, *on the south,* 16. Cf. **allae anair,** *on the east,* Cormac s.v. **Mug Eme ; allae aniar,** *on the west,* Cymmrodor xiv. 114. Later **allandess,** &c.

allaid, *wild,* n. pl. **altai,** 18.

almae, f. *herd,* acc. **almai,** 18.

altae, see **ailid.**

altan, f. *razor* ; dat. sg. **altain,** 31.

ám, *indeed, truly,* 28.

amae, an interjection, *alas !,* 37.

amal, prep. with acc., *like,* 35 ; with affixed pron. sg. 3 n., **samlaid,** *thus,* 1 ; **samlaid sin,** 20.

amdar, see 1. **a n-.**

ammin, *thus,* 1, 20.

ammus, g. **aimsea,** m. *attempt, aim* ; verb. noun of **ad-midethar. ar ammus,** *towards,* 9.

amne, *thus,* 31 ; often of local relations : **fa-thuaid amne,** *to the north there,* 1.

amrae, *wonderful,* 8 ; compar. **amru,** 1. **amrae bríge,** lit. *wonderful in respect of value,* i.e., *a mighty thing,* 12. Cf. **amra bríge lium Máeldúin,** *" marvellously do I esteem Maelduin,"* Rev. Celt. ix. 488 ; **becc mbríge,** *a trifling thing,* Liadain and Curithir, p. 24.

am-ulach, *beardless,* 36.

1. **a n-,** *when* (followed by relative -n-). **amdar = a mbtar,** *when they were,* 10 ; **a n-as-mbert,** *when he said,* = *saying,* 31.

2. **a n-** (= neut. art.) ; as antecedent before rel. verb, **a n-as béodu,** lit. *that which is more lively,* i.e., *those who are most lively,* 19 ; **a ndo-rónad,** *what has been done,* 33.

-an-, infixed pron. sg. 3 m., **f-an-ópair,** 6 ; **d-a-mberat,** 9.

án, g. **ánae,** f., verb. noun of **aigid,** *driving* ; **Belach nÁnae,** 27 ; **lorg ánae,** *driving club, hurley,* 2, 5 ; **oc áin,** 7 ; nom. sg. also **áin,** 7.

anacol, g. **anacuil,** n. *protection,* 28 ; verb. noun of **aingid,** *protects.*

anaid, *remains, stays, waits,* 30 ; ipv. pl. 2 **anaid,** 27 ; pret. sg. 3 **anais,** 22 ; verb. noun **anad,** 1.

an-all, *from that side,* 23.

and, see **i n-.**

an-dess, *from the south* ; **fri Emain andess,** *to the south of Emain,* 12.

ane, 12, *thus, indeed* (?).

an-fíal, *shameless, disgraceful* ; compar. **anféliu,** 36 ; for the force of the compar. see s. v. **assae.**

aní (neut. art. + **í**) ; **anísiu,** *this,* 22 ; **anísin,** *that,* 2, 8 ; **ed mag aní thall,** *what plain is that yonder ?* 15.

anim, g. **anmae,** f. *life, soul* ; acc. **anmain,** 9.

animgnaid, 12, a word of which I have no other example. Can it be a corruption of **anetargnaid,** *unknown, strange, wonderful ?*

ánrud, m. *champion* ; pl. dat. **ánrothaib,** 1.

an-sirce, f. *unlovableness, savageness,* 29.

anúas, *from above, downwards,* 37, 38.

apae, abbae, *cause* ; **ar apu,** *nevertheless,* 6.

-appad, see **at-bath.**

apraind, *alas !* ; **apraind cen chath,** &c., *alas that battle cannot now be given to Medb with a third of the host,* 38.

1. **ar,** prep. with dat. and acc., leniting, *before, for*; with art. **arnaib,** 35 ; with affixed pron. sg. 3 m. n. **airi,** 13, 29 ; pl. 3 **airriu,** 3 ; with poss. sg. 3 m. **ara chiunn,** 4 ; pl. 3 **ara ciunn,** 9 ; **arnaib ócaib,** *before the warriors,* 35 ; **lóg airi,** *reward for it,* 13 ; **ar do miscuis,** *for hatred of you,* 29 ; **mo ṡnádud airi,** *to protect me from him,* 29 ; **do-rétlastar . . . ar Ḟergus,** *took away from F.,* 30 ; **ar loss,** *by the end,* 2.

2. **ar,** conj. *for,* 1, 20 ; **air,** 37.

arabárach, see **bárach.**

arae, g. **arad,** m. *charioteer,* 12 ; acc. **araid,** 16.

ar-aile, ar-aill, see **al-aile.**

ara n-, conj. with subj., *that, in order that* ; **ara n-aurthaitis,**
14 ; with infixed pron. sg. 2 **arndot,** 31 ; with neg.
arná téised, 13 ; **arná dechsad,** 27 ; with infixed pron.
sg. 3 m. **arnách n-élaitis,** *that they might not escape
him,* 35.

ar-clich, *wards off* ; sg. 3 **ara-clich,** 2 ; impf. sg. 3 **ara-
cliched,** 7 ; verb. noun **irchlige,** 7.

ár-chú, g. **árchon,** m. *slaughter-hound, bloodhound,* 8.
There is also **archú,** *watchdog.* Which of the two is
right here is not clear.

ard, g. **aird,** n. *a height,* 36.

ar-dáili, *pours forth, sheds* ; fut. sg. 1 **ar-dáiliub,** 20 ; 3
ar-dáilfe, 20.

arddae, f. *height* ; **i n-arddai,** *on high, upwards,* 37, 38.

ar-fogni (air-fo-gni), *prepares (food)* ; ipv. sg. 3 *ergnad,*
25 ; pret. sg. 1 **-airgénus,** 9 ; 3 **-forgéni (for-** for er-,
air-, aur- through confusion of preverbs), 6 ; pl. 3
-airgénsat, 22 ; verb. noun **ergnam, irgnam,** m.

ar-foím (air-fo-em), *receives,* 30 ; verb. noun **airitiu,**
g. **airiten,** f.

ar-gair, *forbids, prevents, checks* ; verb. n. **irgaire,** n. **nád
n-argarad = nád n-air-ro-garad,** past subj., with **-ro-**
(*one of a kind that*) *he could not check,* 33.

argat, g. **argait,** n. *silver,* 21.

arguntís 2. The text is corrupt. Thurneysen suggests
ar-gairtis, *they kept warning him off* (*threatening him*).
He dashed into them. Another possible emendation
is **ara ciunn tís dó,** *he was below* (or *on the north side*)
in front of them, assuming that **ciunn** (pronounced
giunn) was written **giun(n)** in the archetype. Cf. the
corresponding idiom with the acc. to express motion,
ara chenn dún sís, *let us go down to meet him,* 31.

ar-léga, *reads aloud,* 24 ; verb. noun **airlégend.**

arm, g. **airm,** n. *weapon,* coll. *weapons,* 11, 36.

arm-grith, g. **-gretho, -gretha,** m. *cry of arms, alarm,* 9.

ár-mag, ár-mach, gen. **ármaige,** n. *slaughter-field, battle-field,* 4, 5.

ar n-, *our,* 8.

arná, arnách, arndot, see **ara n-.**

ar-naisc, *binds, engages* ; past subj. pass. with **-ro-, -arnastae** (from **air-ro-nastae),** 2 : **co n-arnastae a ḟoesam,** *till his protection should be covenanted* ; verb. noun **ernaidm,** n.

arrad : i n-arrad = Mid.-Ir. **i farrad,** *beside, with* ; **inna arrad,** 36.

ar-ráilter (arrailter, airrailter), 3, *are treated, are dealt with* (?) ; apparently pass. sg. 3 (or dep. sg. 2) ; cf. **ar-idrálastar,** *that had arranged* (?) *it,* Thes. Pal. ii. 318 ; **arráli, aráili,** &c., Ériu, vii. 187. **cia ro-s-aralta,** ib. viii. 156. Perhaps we should read **ara-n-áilter ;** see 1. **-n-.**

ar-sissedar, *rests, stops* ; pl. 3 **ar-sissetar,** 2 ; verb. noun **airisem,** n.

ásaid, *grows* ; pres. subj. sg. 3 **cor ása,** 10 ; verb. noun **ás.** Mod.-Ir. **fás.**

as-beir, *says,* 11 ; pl. 3 **as-berat,** 15 ; ipv. sg. 2 **epir,** 35 ; pret. sg. 3 **as-bert,** 6, **-epert,** 12 ; perf. sg. 3 **as-rubart,** 33 ; verb. noun **epert,** g. **epertae,** f.

ascnam, m., 9, verb. noun of **ad-cosnai,** *strives after, makes for.*

as-indet (ess-ind-fiad-), *sets forth, narrates* ; ipv. pass. sg. 3 **aisndethar,** 25 ; verb. noun **aisndís,** f.

as-luí, *escapes* ; past subj. pl. 3 **-élaitis,** 35 ; verb. noun **élúd.**

as-oilgi, *opens* ; pret. sg. 3 **as-oilgg,** 2 ; verb. noun **oslucud.**

as-oirg, *strikes* ; pret. sg. 3 **as-ort,** 2 ; verb. noun **essorcun,** f.

, see 2. **a.**

assa (as 3 sg. relat. of copula + a *his*) *whose is* ; **in fer assa arm so**, 11, *the man whose weapon this* (**so** = **in so**) *is*. The corresponding plural is **ata.** So **in ríg ba gaisced** = **in ríg ba a gaisced,** *the king whose weapons they were,* 11.

assae, *easy, light* ; comp. **assu,** 23. In **ní assu,** &c., 31, the comparative contrasts the notion of the adj. with its opposite, *it is not easy* (*but difficult*). **ní assae,** *it is not easy,* may be used by litotes for *it is not possible.* **cia de bad assu lat** ? *which of the two would you deem the lighter* ? 33.

ata, pres. ind. pl. 3 rel. of copula, **in tan ata lána,** 10, 21.

ata-agat, see **ad-aig.**

at-baill (**ess-ball-**), *dies, perishes* ; originally transitive with an infixed neut. **-d-** ; fut. sg. 1 **at-bél,** 37, 2 **at-bélae,** 28 ; verbal noun **epeltu, apaltu.**

at-bath, -appad (**ad-d-bath**), pret. sg. 3 *died, perished* ; **conid appad Fróech**, *so that F. died,* 28 ; the neut. infix is due to the analogy of **at-baill** ; verb. noun **apthu.**

áth, g. **átha,** m. *ford,* 24 ; pl. acc. **áthu,** 15.

ath-goíte, *severely wounded,* 4.

atmu, see **ad-daim,** and for the idiomatic use of the dependent form see 1. **nách.**

atn-aig, see **ad-aig.**

atom-chomnaicc, see **ad-cumaing.**

at-reig (**ess-reg-,** *raise* with infixed reflex. pron.), *arises,* 4 ; pret. sg. 3 **at-recht,** 3 ; pl. **ata-rachtatar,** 4 ; verb. noun **éirge,** n. ; dat. **éirgiu,** 22.

áu, ó, g. **aue,** n. *ear,* 2.

aurchor, see **urchor.**

aurdderg, manip aurdderg lim, 10 (?) ; cf. **manip aurderg leis,** *without his knowledge,* RC x, 222.

aurddrag, erdrach, *sprite, spectre,* 5 ; cf. Rev. Celt. xi, 455.

-aurthaitis : **ara n-aurthaitis,** *that they should go,* 14·
Cf. **orthá,** *go* LU. 4694, **urthatar** LL. 55 *a* 38, 57 *b* 21.

badb, bodb, g. **bodbae,** f. *a war-goddess, a scald-crow,* in
the form of which the goddess appeared ; acc. **boidb,** 5·

báe, g. **baí,** *profit, good.* **ní báe sin,** *that matters not,* 35 ;
cf. **ní bá són** LU. 1762 ; **ní dénaim-sea baa de sin**
LU. 4849 = **ní dénam robríg de** LL. 62 *a* 10.

báegul, g. **báeguil,** m. *danger, hazard, chance* ; **ro gab
Ailill a mbáegul,** *A. got a chance at them, took them
unawares,* 30.

bágid, *boasts, threatens* ; perf. sg. 1 **ro bágus,** 31 ; verb.
n. **bág,** g. **báge** f.

báidid, *submerges, drowns* ; sg. pres. ind. pass. **báittir,** 28 ;
verb. noun **bádud.**

ball, g. **baill,** m. *limb,* 9.

ban-chuire, m. *troop of women,* 28.

band, *stroke* (i.e., the length of the stroke), 8.

ban-dál, g. **-dálae,** f. *a tryst with a woman,* 22.

ban-trocht, g. **bantrochta,** n., *a company of women,* 21.

bar n-, see **far.**

bárach : **imbárach,** *to-morrow,* 31, 33 ; **iarnabárach** 22,
ara-bárach, 35, *next morning* ; cf. **imbúaruch.**

bas, pres. subj. of cop, sg. 3, rel., 1.

bás, g. **báis,** n. *death,* 9.

becc, *little,* 16.

béimm, g. **béimme,** n. *blow,* verb. n. of **benaid ;** dat.
óen-béim, 23, **oén-bémmim,** 26, *with one stroke.* ·

bél, g. **béoil,** m. *lip* ; pl. *lips, mouth* ; pl. acc. **béolu,** 2.

belach, g. **belaig,** n. *gap, pass,* 27.

ben, g. **mná,** f. *woman, wife* ; acc. **mnaí,** pl. nom. **mná,**
20.

benaid, *strikes, wounds, slays, cuts down,* 5, 23. **bentai =**
benaith-i, *smites him,* 9, 32 ; ipf. sg. 3 **-benad,** 8 ;
pret. **-bí,** 19, 38 ; pf. pl. 3 **ro béotar,** 15 ; pass. **ro**

bíth, 4, 24, pl. **ro bítha,** 26 ; sec. fut. sg. 3 **no biad,** 26 ; verb. noun **béimm,** n. q.v.

bendachaid, *blesses, salutes* ; pret. sg. 3 **bendachais,** 11 ; past subj. pl. 3 **condom bendachtais,** *that they might greet me,* 13.

bendacht, g. **bendachtae** and **bendachtan,** f. *blessing, greeting,* 7.

benn, f. *point* or *peak* of anything, *horn, prong (of a fork),* 24.

béo, *alive,* 5 ; as substantive **a béo nach áe do breith,** *to bring any of them alive,* 19. Cf. **cid less ar mbéo ; ar mmarb,** *though we are His in life and in death,* Wb. 6 *b* 20 ; **ragaid do béo nó do marb,** *thou shalt go alive or dead* LL. 66 *a* 34 ; **robo maith lemsa fís a bíí nó a mairb d'fagbháil úaitsiu,** *I should like to learn from thee whether he is dead or alive,* Irische Texte, iv. 126.

béodae, *lively, vigorous, brave* ; compar. **béodu,** 19.

beos, *still, further* ; **cose beos,** 14 ; **ní . . . beos,** *not yet,* 8.

berid, *bears, carries,* 35 ; **beirthi = berith-i,** 32 ; rel. **beres,** 19 ; pl. 3 **berait,** 28 ; ipv. sg. 2 **beir,** 4 ; perfective pres. sg. 1 **-ruccaim,** 36 ; perfective ipf. pl. 3 **-ructais,** 7 ; pret. sg. 3 **birt,** 7 ; pass. **brethae,** 36 ; pf. sg. 3 **ruc,** 9 ; past subj. pass. **no berthae,** 6 ; perfective subj., pres. sg. 1 **-ruc,** 32 ; past, sg. 3 **-rucad,** 33 ; fut. sg. 1 **-bér,** 4, 36 ; pass. **-bérthar,** 10 ; verb. noun **brith, breth,** g. **brithe,** f., 18, 19. **nícon ruccaim,** 36, means not so much *I cannot carry* as *I am not the man to carry,* or *I am not in the way of carrying.*

berraid, *shears, clips, shaves* ; past subj. pass. **no berrthae,** 32.

bertaigid, *shakes, brandishes* ; **bertaigthi = bertaigith-i,** *he shakes it* ; **bertaigthius = bertaigith-us,** *he shakes them,* 11.

bés, *perchance* ; **bés nípu écen ón,** *perchance that may not be necessary*, 14, where **nípu** is 3 sg. pres. subj. copula.

bés, g. **béso, bésa,** m. *custom.* After **is bés,** *it is a custom, it is customary,* the following verb is commonly put in the indicative without any connecting particle ; e.g., **is bés dúib-si far nUltaib ní réidid,** *it is a custom of you Ulsterman not to drive* (lit. *it is a custom . . . ye do not drive*), 14. In this sentence the dat. **far nUltaib,** lit. *to you in your Ulstermen,* stands in apposition. This is a common idiom in O.-Ir. In Mid.-Ir. the prep. **i n-** is prefixed, **i far nUltaib.** Cf. Mod.-Ir. **tá sé 'na rígh.**

bét, m. *deed, exploit,* 6 (often *evil deed, crime*).

bethu, g. **bethad,** m. *life.* **Dia do bethu,** 4, *Hail,* lit. *God thy life* = Mod.-Ir. **Dia do bheatha.**

-bí, see **benaid.**

biad, g. **biid,** n. *food,* 29.

bid, *will be,* 3 sg. fut. ind. of copula, 10, 14.

bíit, 26, not, as usual, *they are wont to be,* but *they continue to be, they remain.*

biror, g. **birair,** *watercress,* 30.

1. **bíth,** only with prep. **fo** : **fo bíth Fergusa,** *because of F.,* 31 ; as conj. *because, since* ; **fo bíth at oígi,** *since thou art a guest,* 8 ; with rel. **-n-, fo bíth no mbíid,** 13.

2. **bíth,** see **benaid.**

biur, g. **bera,** n. *spit, spear,* 35 ; n. pl. **bera,** ib.

blíadain, g. **blíadnae,** f. *year,* 10, 21.

bóid, báid, *fond, loving,* 33.

boidb, see **badb.**

bráge, g. **brágat,** *neck, throat,* 9.

brat, g. **bruit,** d. **brot,** m. *mantle,* 7, 21.

bráth, g. **brátho, brátha,** m. *Doom,* **co bráth,** *for ever,* 11

bráthair, g. **bráthar,** m. *brother,* 4.

bréc, g. **bréice,** f. *falsehood, lie,* 11, 12.

bréfech, 30, or **bréfnech** is a frequent epithet of a spear, but the meaning is not quite clear. It is variously explained as **pollach**, *perforated*, or **slabradach**, *having chains*. In LU. 4370 **brefe na slabraidi** is one of the rings of a chain attached to the spear. **bréfe** means *a ring*, cf. Sg. 59 *b* 13 annulus gl. **dígabthach óndí as ánus cúairt .i. brefe anulus bréfean**, *a diminutive from* anus, *circle*, i.e., anulus, *a small ring*.

bríg, g. **bríge**, f. *power, force, import*. **ní mór bríg sin**, *that is no great matter*, 9.

brissid, *breaks* ; pass. **bristir**, 27 ; pret. sg. 3 **brissis**, 25.

1. **brot**, g. **bruit**, m. *goad*, 13.

2. **brot**, see **brat**.

bruinne, g. **bruinni**, m. *breast* ; pl. acc. **bruinniu**, 21.

búanfach, g. **búanfaig**, n. *a game of the nature of draughts*, 29.

búaid, g. **búada**, n. *victory* ; *gift*, e.g., **búaid roisc**, *gift of vision*, 23 ; n. pl. **búadae**, ib.

buiden, g. **buidne**, f. *troop*, 24.

bun, m. *bottom, trunk, lower part*, 2, 24.

bunsach, f. *rod*. The **bunsach**, p. 2, called also **bunsach baíse**, was Cú Chulainn's toy-javelin.

cách, g. **cáich**, *each, every one*, 25, 37.

cach, cech, *every*, 2, 15 ; **cach óen**, *every one*, 18.

cáinid, *reviles*, 31.

cairptech, g. **cairptig**, m. *a rider in a chariot*, 6, 20.

calmae, *brave* ; *bravery*, 35.

cani, interrogative particle expecting an affirmative answer (= Latin *nonne*), 29.

carn, g. **cairn**, n. *cairn*, 15.

carpat, g. **carpait**, m. *chariot*, 12 ; **carput**, ib. ; pl. d. **cairptib**, 27 ; acc. **cairptiu**, 25.

carr, g. **cairr**, *cart*, 34.

carrac, g. **cairrce**, f. *rock* ; acc. pl. **cairrce**, 33.

cate, *where is* ? 4, 36, 37.

cath, g. **catho, catha,** m. *battle,* 38 ; also *battalion,* 24. This last sense may have developed from expressions like **lín catha,** *a number sufficient to give battle,* 25.

cathas, cathais, f. *watch.* **iar cathais na aidche,** 36 (= **cath-feis,** *spending the night* (**feis**) *under arms*).

caur, cur, g. **caurad, curad,** m. *champion,* 6.

cauuth, *barnacle goose,* 30.

ce, see 1. **cia.**

cech, see **cach.**

cechtar, *each of two* ; as g. 28.

ced (from **ce,** with neut. pron. **ed**), *what?* leniting; **ced leth,** 1, 34 ; **ced slíab,** 14 ; **ced ón,** *what is this* ? 11.

ced ná *why . . . not* ? 3. (= **cid arná**).

céin, *as far as, as long as, while,* followed by relative **-n-,** 13, 35 ; acc. of **cian,** f. *length of space or time.*

céin mair, *O happy,* 11, as an interjection, followed by the acc. Originally **céin mair** probably meant *live long,* **mair** being 2 sg. ipv. of **maraid.** In Mid.-Ir. we also find **céin máir, mair** apparently being mistaken for the acc. of **már,** *great.*

ceist, g. **cesta,** f. *question.* The word is often put before a direct question, 25.

céle, g. **céli,** m. *fellow,* 29. **a chéle,** *the other,* in sentences like **níbo móo in band ol-daas a chéle,** *one stroke was not greater than another,* 8. **a chéle** has become so much of a phrase that it is used of a feminine or plural as well as of a masculine singular subject. **úas dún a chéle,** *above the fort of the others* (i.e., the three giants), 15.

celebrad, m. verb. noun of **celebraid,** *bids farewell to* (**do**), 13.

1. **cen,** prep. with acc., leniting, *without,* 2, 13. Mod.-Ir. **gan.**

2. **cen,** in phrase **fo chen,** *welcome !* 9.

cenél, g. **cenéuil, ceníuil,** n. *race,* 25.

ceni, *though . . . not,* 12.

cenmi-thá, with acc. (1) *besides,* (2) *except,* 24.

cenn, g. **cinn,** n. *head,* pl. **trí chenn** 20, **na cenna** 24 ; **ar chiunn,** *in front, before,* 4, 9, 14 ; **ar chenn,** *to meet,* 17, 21, 27.

cerd(d), g. **cerd(d)ae,** f. (1) *art, craft,* (2) in the concrete, *artizan,* particularly *smith,* 6.

cernach, *victorious,* an epithet of Conall, 10, 13.

cert, *right, fair, just,* 28.

cét, g. **céit,** n. *hundred* ; see **trícha.**

ceta-, under the accent **cét-,** *first* ; **ceta-chomriccfe frit,** *who will first encounter thee,* 31.

cétamus, *in the first place, however, moreover,* 15.

cét-gabál, -gabáil, f. *first taking,* 16.

cethir, *four* ; acc. m. **cethri . . . deac,** *fourteen,* 24 ; n. **cethir,** 23, dat. **cethrib,** 24 ; f. acc. **cethéora,** 24.

cethrae, f. *cattle,* 8 ; a collective formation from **cethir,** *quadruped.*

cethramthu, g. **cethramthan,** f. *fourth part, quarter,* 31.

cethrar, g. **cethrair,** m. *four persons,* 24, 25, 26.

cétnae, preceding its noun, *first* ; after its noun, *same,* **din chúain chétnai,** 10.

cét-óir, in phrase **fo chétóir,** *at once,* 19, lit. *at the first hour.*

1. **cía, ce,** *though,* with ind., 1, 10, &c. ; with ind. **ce -d-,** 9.

2. **cía,** *who, what* ? **cia th'ainm-siu,** 3 ; **cia fer,** 34.

cían, *long* ; **ó chianaib,** *just now,* 32.

cían, g. **céine,** f. *a while,* **iar céin móir,** *for a long while,* 23 ; **co céin móir,** 28.

1. **cid,** 3 sg. pres. or past subj. of copula with **ce,** *though it be, though it were.* The corresponding plural of the pres. subj. is **cit,** *though they be.* From this **cid** has developed the sense of *even,* e.g., **cid óen-líathróit,**

even one ball, 7 ; **cid tussu,** 23. In this sense **cit** was
originally used before a plural noun, e.g., **bieit cit
geinti hiressich,** *there will be even faithful Gentiles,*
Wb. 4 *c* 40. But when the word had sunk to be a
mere particle, **cid** came to be used without reference
to the number of a following word, e.g., **cid
dúthrachtaig,** *even devoted,* Ml. 80 *d* 11, **co seichetar
cid a comroircniu,** *so that they follow even their errors,*
Sg. 1 *a* 2.

2. **cid,** *what* ? **cid do-écai** ? 31 ; **cid diambad maith a
lláa sa,** *what that day would be good for,* 10. **cid taí** ?
(better **cid no taí** ? cf. LU. 1678), *what ails thee* ? 3.
In this idiom the rel. with **-n-** is used, **cid daas**
(= **dtaas**), *what ails him* ?

cingid, *steps,* 35 ; ipv. sg. 2 **cing,** 20 ; verb. noun **céimm,**
g. **céimme,** n.

cissí (from **ce** with fem. pron. **sí**), *what* ? leniting, **cissí
şlabrae,** 18.

clad, m. *trench* ; d. **clud,** 5.

claideb, g. **claidib,** m. *sword,* 32, 38.

claidid, *digs* ; pass. pres. sg. **cladair,** 33 ; perf. **ro class,**
25 ; verb. noun **claide,** f. *digging, hole,* 25.

clár, g. **cláir,** n. *board, plank,* 20, 31.

clé, g. m. **clí,** *left,* 20, 31. To turn the left side of the
chariot towards one was an insult.

cless, g. **cliss,** n. *feat,* 17, 31, 35.

clissid, *leaps,* 35.

clóenaid, *inclines, bends* ; fut. sg. 1 **-clóenub ;** verb.
noun **clóenad,** m., ib.

cluiche, n. *play,* 8 ; dat. **cluichiu,** 1, 3, 8.

cluiche-mag, n., *playing-field,* 2, 4.

 ness, *skin,* 32.

co, prep. with acc., *to, towards* ; **co Slíab Fúait,** 13 ; **co
fescor,** 17, **co fo thrí,** 32 ; with art. **cosna maccu,** 2,
7   with suffixed pron. sg. 2 **cuc(c)ut,** 12, 17 ; 3 m.

cuc(c)i, 5, 6, 9 ; pl. 1 **cucunn,** 29 ; 3 **cuccu,** 2, 11 ; with poss. sg. 3 m. **coa,** 2 ; with rel. **cosa,** 25.

co-crích, g. **cocríche,** f. *joint boundary, boundary of neighbouring territory,* 26.

cóeca, g. **cóecat,** m. *fifty,* 6 ; pl. nom. **cóecait,** 1 ; acc. **cóecta,** 2.

cóem, *dear, precious, beautiful,* 13 ; pl. m. **cóim,** 13 ; superl. **cóimem,** 19.

cóic . . . deac, *fifteen,* 11.

cóiced, g. **cóicid,** n. *fifth part,* hence *one of the five provinces of Ireland,* 13.

coímthecht (from **com-imm-thecht**), f. *accompaniment,* 1.

coínid, *laments, bewails* ; **coínti = coínith-i,** *bewails (keens) him,* 28 ; verb. noun **coíniud.**

coir, *the right way.* **coir gaiscid,** *fair fighting,* 37 ; cf. **coir gaíthe,** *a fair wind.*

coirthe, m., g. **coirthi,** dat. **coirthiu,** *pillar,* 16, 36.

colainn, g. **colno,** f. *flesh, body, corpse,* 28 ; pl. dat. **colnaib,** 5.

coll, g. **cuill,** n. *destruction, breach,* 15.

colla, *go thou* ! 32 ; ipv. of **con-slá,** *goes.*

co-lléic, *still, meanwhile,* 8, 10, 13.

combor, n. *meeting, confluence (of rivers),* 15.

coméirge, n. *an uprising,* 2, see **con-érig.**

comlonn, g. **comluinn,** *combat.* As opposed to **écomlonn,** it signifies a combat in which the two parties are equally matched, *a fair fight,* 21.

commail, see **con-meil.**

com-méit, g. **comméite,** f. *equal size,* 36.

committe, see **con-midethar.**

comrac, g. **comraic,** m. *encounter, fight,* 29 ; verb. noun of **con-ric.**

-comrasta, see **con-ric.**

comṡuide, see **-ral.**

-comtastar, see **con-dieig.**

-comtolae, see **con-tuili.**

1. **co,** prep. with acc. *to* ; **co Emain,** 20 ; with art. **cosna maccu,** 2 ; with rel. **cosa,** 25.

2. **co n-,** prep. with dat., *with* ; **co n-airchetul,** 13 ; with art. **cosind luirg,** 5 ; **cosnaib cethrib cennaib,** 24 ; with poss. sg. 3 m. **cona dib lámaib,** 9 ; pl. 3 **cona coscur,** 18.

3. **co n-,** conj. (1) with ind. *so that, until,* **co mmemdatar,** 4 ; **co mbí,** 38 ; (2) with subj. of an event purposed or expected, *until, in order that* ; **con-dom bendachtais,** 13 ; usually perfective subj., **co n-arnastae,** 2 ; **co ndernae,** 5 ; **cor** (= **con-ro**) **ása,** 10 ; with neg. **conna,** 11, 23.

con-aggaib, see **con-gaib.**

con-boing, *breaks* ; past subj. sg. 3 **con-bósad ;** verb. noun **combach. Cia chon-bósad-side for écomlonn,** *though he were victorious against odds,* 21 ; cf. **con-boing airthiu** (= **forru**) **cach cluichiu,** *he beats them in every game,* LU. 4915.

con-clich, *springs* ; fut. sg. 3 **con-ciuchail,** 19 ; verb. noun **cuclaige.**

con-da, 2, 5 ; **con-dit,** 1 ; **con-dom,** 13 ; **con-id,** 1, 5, &c. = 2. **co n-** with infixed pronouns.

con-dieig, con-daig (com-di-saig), *seeks, asks,* sg. 2 **con-daigi,** 31 ; pres. subj. pass. with perfective **-ad-,** **-comtastar (com-ad-di-sástar),** 34 ; verb. noun **cuindchid, cuingid,** 7, 34.

condúail, g. **condúala,** 30 ; explained by O'Clery to be **caóinndualaigheacht no rionnaidheacht chaoin,** according to which it would be some kind of engraving. But this is only an etymological gloss. The word also occurs in the phrase **fethal condúala,** Windisch Wb. s.v. **fethal,** and the derived adjective **condúalach** is found as the epithet of a shield.

con-éicnigedar, *compels* ; **cotn-éicnigedar** = **cot-dn-éicnigedar,** *he compels him,* 13.

con-érig, *arises* ; pl. 3 **con-éirget,** 9 ; pf. sg. 3 **con-érracht,** 2 ; verb. noun **coméirge.**

confére, 3. The corresponding word in LL. is **crád,** *pain, torture.* Cf. **conféire** (: **chéile**), Acall. 6265.

con-gaib, *holds, secures* ; perf. sg. 3 **con-aggab, con-aggaib** (**com-ad-gab**), 9 ; verb. noun **congbál, congbáil,** f.

con-gair, *calls, summons* ; pass. sg. 3 **con-gairther,** 27.

1. **congnae,** see **con-gní.**

2. **congnae,** *horn* ; used collectively, 20 ; *for his horns have filled the whole space between the two shafts of the chariot.* For **dia chongnu,** ib., LL. has **dia mbendaib.**

con-gní, *helps* (with **fri** or **la**) ; ipv. sg. 2 **congnae,** 4 ; verb. noun **congnam, cungnam,** m.

con-ic, *is able* ; sg. 1 **cumcim,** 19, sg. 2 **-cumci,** ib. ; imperf. pl. 3 **-cumcaitis,** 7.

con-meil, *rubs, rubs upon* (**do**) ; ipv. sg. 2 **commail,** 36 ; verb. noun **commlith.**

con-midethar, *arranges, adjusts* ; ipv. sg. 2 **committe; committe són amal bas maith lat,** *arrange that as you wish,* 28.

con-ric (**com-ro-icc**), *comes together with* (**fri**), *meets* ; sg. 1 **con-riccim,** 4 ; pl. **con-recat,** 6, 17 ; ipf. sg. 3 **-comricced,** 7 ; pl. 3 **con-rictis,** 33 ; pres. subj. pl. 1 **-comairsem,** 28 ; past. subj. sg. 2 **-comrasta,** 27 ; pass. **con-rístae,** 13 ; verb. noun **comrac.**

con-rig, *binds, fastens,* 20 ; pret. sg. 3 **con-reraig,** 19, 20 ; verb. noun **cuimrech,** n.

con-tuili, *sleeps,* 15 ; pres. subj. sg. 2 with prefective **-ad- -comtolae** (**com-ad-tole**), 30 ; verb. noun **cotlud,** m.

1. **cor,** g. **cuir,** m., verb. noun of **fo-ceird. 1.** *act of putting, placing,* &c. **nícon foícher cor dia chiunn,** *he will not stir his head,* 20. **2.** *covenant, agreement,* 31.

2. **cor = con-ro,** see 2. **co n-.**

corcrae, *purple,* 29.

cormae, see **cuirm.**

co-rrici, *as far as,* 2. It is **co rrici,** *until thou reachest,* petrified into a prepositional phrase. See **ro-ic.**

cosc, g. **coisc,** n. *reprimanding,* 35 ; verb. n. of **con-secha.**

coscor, g. **coscair,** m. *triumph* ; *trophies, spoils,* 18.

co-se, *up to this, hitherto* ; **cose beos,** *as yet,* 14 ; see **se.**

coss, g. **coisse,** f. *foot,* 5.

cotlud, g. **cotulta,** m. *sleep,* 1, 17 ; verb. noun of **con-tuili.**

crann, g. **cruinn,** n. *tree,* 26 ; **claideb cruinn,** *a wooden sword,* 30.

crích, g. **críche,** f. *boundary, territory,* 25.

crichid, comparative **crichidiu,** an adjective of which the precise connotation is uncertain. Cf. Thesaurus Palaeo-hibernicus ii. 292. **is crichidiu de,** 24, seems to mean approximately *it is the greater achievement.*

cride, g. **cridi,** n., *heart,* 9.

cró, *eye* (of a needle), 2.

cróebach, *bushy,* 29.

crom-scíath, m. *a curved shield,* 30.

cruinn, see **crann.**

cruth, g. **crotha,** m. *form.* Dat. **in chruth sin,** *in that way, thus,* 12 ; **in chruth sa,** 32.

cú, g. **con,** m. and f. *hound,* 8, 9, 33.

cúan, g. **cúanae,** f. *litter,* 10.

cuilén, g. **cuilíuin, cuiléoin,** m. *whelp,* 10, 33.

cuilenn, g. **cuilinn,** m. *holly,* 35.

cuimse, part. pass. of **con-midethar,** *properly adjusted, equable,* 21.

cuindchid, see **con-dieig.**

cuire, see **fo-ceird.**

cuirm, g. **cormae,** n. *ale,* 1.

1. **cúl,** g. **cúil,** m. *back,* 9.

2. **cúl,** g. **cúle,** f. *corner, recess.* **Cúl Sibrille,** 22, *Kells,* according to a note of the scribe.

cúlad, f. *poll* (*of the head*). The dual **dí chúlaid,** 29, is used of *the back of the head,* cf. also the plural **fort**

chulatha, Thesaurus Palaeohibernicus ii. 249. In LU. 6959 occurs the phrase **co clais a dá chúlad,** *to the hollow of his polls.*

culpatach, *hooded,* 21, 30, from **culpait,** *hood*

cuman in phrase **is cuman lemm,** *I remember,* 8.

cumcim, see **con-ic.**

cumut, dat. sg. of **cumat,** *equality* ; **a chumut na ocht mbera aili,** *the same with the other eight spits,* 35.

curach, g. **curaig,** m. *boat,* 30.

-d-, -da-, see **-dn-.**

dá, *two,* m., 4 ; **dá ... deac,** *twelve,* 12 ; f. **dí feirt,** 19 ; **dí chúlaid,** 29 ; dat. **dib n-,** 9, 32.

dabach, g. **dabcha,** f. *vat.,* 21 ; acc. **dabaig n-,** ib.

dag-, deg-, *good,* only in composition ; **dag-gním,** *a brave deed,* 10 ; **dag-imrim,** 18 ; **dag-oaic,** 35.

dáig, nominal prep. with gen., *because of,* **dáig ar n-indile,** 8 ; cf. **déig ;** as conj. *because,* **dáig ba coll,** 15 ; **dáig as-mbert,** 16.

daimid, *grants, allows* ; fut. sg. 1 **-didem,** sg. 2 **-didmae,** 27. **in ndidmae th'anacul,** lit. *will you allow your protection ?* i.e., *will you yield and take your life ?* verb. noun **déitiu,** f.

dáistir, pass. with **imm,** *becomes mad, wild.* **ro dáissed imna echu,** *the horses have become wild,* 19.

dál, g. **dálae,** f. *assembly, meeting, rendezvous,* 8, 36.

daltae, g. **daltai,** m. *fosterling,* 6.

dam, g. **daim,** m. *ox.* **dam allaid** (also without **allaid**), *stag,* 19, 20.

damnae, n. *material* ; **damnae laích,** *the material of a warrior,* 5.

damnaid, *tames.* **damainti = damnaithi-i,** *tames him* (sc. the stag), 19.

dano, *also, then, moreover,* 3, 7, 13, 14.

dar, see **tar.**

d-a-r-atailc, perf. ind. sg. 3, *he wrapped it up,* 36 ; cf.
 lase donatalcfe, g. **cum delenueris,** Ml. 69 *c* 6 ;
 duatalictis, g. **fouebantur,** Ml. 130 *c* 19 ; **conrotatailc,**
 g. **confouerat,** Ml. 138 *a* 7 ; **inna tatalc,** g. **fomenta,**
 Ml. 144 *c* 6. The verb is probably **do-atailci,** a
 denominative from **tatalc.**

de. *cia de,* *which of the two,* 18, 19, 33. Cf. **cechtar de,**
 each of the two ; **nechtar de,** *either of the two.*

dé, *two,* in phr. **i ndé,** *in two,* 38.

deac, *-teen,* **in ocht . . . deac,** 23, &c.

dead (diad), n. *end,* in phr. **i ndead, i ndiad** with gen. or
 poss. pronoun, *after,* 8, 18, 20.

debuid, g. **debtha,** f. *strife, quarrel,* 32.

dech, *best* ; superl. of **maith,** 37.

-dechais, -dechus, see **téit.**

dechrad, *fury,* 29. Cf. **la dechrad inna cless** LU. 5977,
 and **rodechrad impu,** *they became furious* LL. 405 *b* 50.

degaid, in phr. **i ndegaid** with gen., *after,* 3, 31.

déicsiu, see **do-écai.**

déig. fo déig, *for the sake of,* 9 ; cf. **dáig.**

déinmech, 10, an adj. of uncertain meaning ; *well made,*
 shapely, active, noble (?) (from **dénum**), **dá ech . . .**
 dénmecha LU. 9256 ; **Diomíd déinmech,** TTroi 1200 ;
 máthair Loga in dagṫir dénmig LL. 137 *a* 25. But
 sometimes it is glossed **díomhaoin,** *unfit for (manly)*
 deeds, inactive (from **de-gnímach**).

deithbir, *right, proper,* 35.

del chliss, 17, one of Cú Chulainn's weapons, but what it
 was is not clear. **cliss** is the gen. of **cless,** *feat.* **deil**
 is found in the sense of *a rod,* cf. Irische Texte III. i.
 274. The gen. **deled** appears in **cor deled,** one of
 Cú Chulainn's feats. Cf. **dobér-sa mo láim fon deil**
 cliss dó .i. fon n-ubull n-athlegtha n-íarnaide, ⁊ tecéma
 i llaind a sceith ⁊ i llaind a étain, ⁊ béraid comthrom
 inn ubaill da inchind tria chuladaig, *I shall put my*

hand to the **del chliss,** *to wit, to the apple of refined iron,
and it will light upon the front of his shield and the
front of his forehead, and it will carry a portion of
brain equal to the apple through the back of his head,*
LL. 66 *b* 29.

delg, g. **delge,** n. *thorn, pin, brooch,* 7, 21.

déorad, g. **déoraid,** m. as contrasted with **aurrad** (**urrad**),
a native freeman, the word is applied (*a*) to a man
who has been repudiated by his kindred and thereby
lost his rights, (*b*) to a stranger who has come from
some other land or territory. On p. 17 it may be
roughly translated either *outcast, outlaw,* or *alien,
foreigner* (with the notion of hostility). **bid lám
déoraid dó,** *it will be to him the hand of an outlaw* (or
alien), evidently a proverbial expression.

-derbai, see **do-rorban.**

dercaid, g. **dercado,** m. *watchman,* 20.

-dercastar, see **do-écai.**

derg-intled, *red insertion* (*interweaving*), 30. Another form
of the phrase is **co ndergintslaid.**

-dern, -dernae, see **do-gní.**

-dersaige, 2 sg. pres. subj. of **-díuschi** q.v

deug (later **deog, deoch**), g. **dige,** f. *drink,* 30.

di, prep. with dat., leniting, *from, of ;* also **do, du : do
thorud, du thír,** 6 ; with art. **din chúain,** 10 ; **dinaib
colnaib,** 5 ; **donaib gaiscedaib,** 11 ; with affixed pron.
sg. 3 **de,** 1, 5 ; pl. 1 **dínn,** 25 ; 3 **diib,** 2, 15 ; with
poss. sg. 1 **dom,** 8; 3 **dia,** 2; pl. 1 **diar,** 24 ; 2 **di-
far,** 29 ; 3 **dia,** 25 ; with rel. **dia,** 5. **de,** *from it,* after
compar. corresponds to Eng. *the* ; **messa de,** *the worse,*
6 ; in Mid.-Ir. the two words are written together
messaite (where **t** expresses unlenited **d**), Mod.-Ir. **misde.**

dia, g. **dé,** m. *god,* 4, 17, 20.

dia n-, with pret. ind., *when,* 6 ; with subj., *if,* 30, 37.

diad, see **dead.**

dianid, *to which is,* 11.

díardain (díartain), *anger, fierceness* (?), *or contempt*) (**dí +
ordan,** *dignity*) ; **acht nammá,** &c., p. 29, seems to
mean *provided thou dost not ̄provoke a quarrel,* **arad,**
ladder being used figuratively in the sense of *access,
approach.*

dí-chennad, m., *beheading,* 37.

dí-chleth, f., *hiding,* 5 ; verb. noun of **do-ceil,** *hides.*

-dichtheth, *was able to go,* 23 ; **ní dichthim,** *I cannot go,*
20, perfective present corresponding to perf. **do-cóid ;**
see **téit** and 1. **ro-** (2).

-didem, -didmae, see **daimid.**

didiu (= **di-ṡuidiu**), *then,* 1, 3, 22.

dig, *see* **téit.**

dí-guin, *violating a person's honour,* 32 ; verb. n. of
do-guin ; cf. **is díguin do-m-gonar imáib,** LU. 1516.

dín, *protection,* 9.

dindgnae, g. **dindgnai,** m. *height, fortified height* ; acc. pl.
dindgnu, 15.

dingaib, see **do-ingaib.**

dírge, f. *straightness,* 14 ; abstract noun from **díriuch,**
straight.

dirsan, *woe :* **is dirsan duit,** 35.

díscer, *fierce, nimble.* **cissí ṡlabrae in díscer sa thall,** *what
herd is that, the nimble one yonder ?* 18.

d-ṡíu, *from this side,* contrasted with **anall,** 23 ; see
se.

dítiu, g. **díten,** f. *covering, protection,* 9 ; verb. noun of
do-eim, *covers, protects.*

díuscart (2 sg. ipv. of a compound **di-uss-scart-**), *remove,*
27.

-díuschi (di-uss-sech-), *awakes* ; **d-an-íuschi,** *awakes him,*
4 ; subj. sg. 2 **do-m-íusche,** *awake me,* 16 ; **ním
dersaige** (from **de-ro-uss-seche**), *do not awake me,* ib. ;
see 1. **ro** (7) ; verb. noun **diuschud,** 16.

-dn- infixed pron. sg. 3 m. **atn-aig = ad-dn-aig,** 28 ; f·
-da-, con-da tuc, 25 ; n. **-d-, do-d-íssed,** 13 ; **at-chotat
= ad-d-chotat,** 34 ; pl. **-da-, ata-agat = ad-da-agat,**
28.

1. **do,** prep. with dat., leniting, *to, for* ; **do chluichiu,** 3 ;
do airi, 25 ; with art. **dond fleid,** 8 ; **dond áth,** 31 ; **don
chath,** 4 ; with affixed pron. sg. 1 **dam,** 3, 5 ; 2 **duit,**
9, 23 ; 3 m. **dó,** 1, 5 ; f. **dí,** 20 ; p. 1 **dún(n),** 6, 9, 15 ;
2 **dúib,** 14 ; 3 **doib,** 3 ; with poss. sg. 1 **domo maccaib,**
37 ; 2 **dot imdegail,** 10 ; 3 m. **dia araid,** 18 ; f. **dia
léimmim,** 27 ; pl. 1 **diar tig,** 6 ; 3 **dia tabairt,** 19 ;
with rel. **dia tíagam,** 8 ; **diambad,** *for which it would
be,* 10. **is di Ultaib dó,** *he is of the Ulstermen,* 2 ; after
the copula, with a pronominal subject, this is the
regular form of expression when the predicate is not
a noun or an adjective. Compare the following
examples—(1) **is Día som domsa,** *He is God to me* ;
air immi ardu-ni de, *for we are the higher,* (2) **is ónd
Athir dó,** *it is from the Father.* (3) **is úadib Críst,**
Christ is from them.

2. **do,** *thy* ; **do fóesam,** 3 ; before a noun beginning with
a vowel also **t', t'ainm,** 10, and with lenition **th'ainm,**
3 ; **th'anacol,** 28.

dó (= prep. **do** with affixed pron.), *thither* ; **ní mad
lodmar dó,** *would that we had not gone thither,* 22.

do-adbat, -tadbat (to-ad-fiad), *shows* ; perf. pass. **do-árfas**
(earlier **do-árbas**) ; **do-m-árfas,** *appeared to me,* 36 ;
verb. noun **taidbsiu,** f.

do-aidlea (to-ad-ell-), *approaches, visits* ; **d-an-aidlea,**
touches him, 32 ; subj. sg. 3 (with **ro**) **-táirle : dian
táirle** (read perhaps **dian(d)id táirle),** *if it reach him,*
17 ; past **co táirled forsin sligid,** *that he should go on
the road,* 13 ; verb. noun **tadall,** n., see **adall.**

do-airchella, -tairchella, *goes round, passes over,* 31 ; verb.
noun **tairchell.**

do-airic, -tairicc (to-air-icc), *comes* ; past subj. sg. 3 **co tairsitis**, *that they might reach*, 14 ; pret. sg. 3 **tairnic**, 36 ; verb. noun **tairec**.

do-airgnir, -tairngir (to-air-in-gair), *promises* ; perf. sg. 2 **do-rairngirt**, 18 ; ver. noun **tairngire**, n.

do-alla, -talla, *takes away* (perfective) ; pass. pres. subj. **-talltar**, 37.

do-beir (to-ber-), (1) *brings* ; (2) *gives, puts,* &c., 6, 9, 12 ; pl. 3 **do-berat**, 9, 34 ; pass. **do-berar**, 12, 30 ; ipv. pl. 2 **tuccaid**, 25 ; pres. subj. pass. **do-berthar**, 34 ; fut. sg. 1 **do-bér**, 1 ; pl. 3 **do-bérat**, 34. In sense (1) pf. sg. 1 **tuccus**, 4 ; pl. 3 **do-ucsat**, 18 ; subj corresponding sg. 1. **-tuc**, 5 ; pass. **-tuicther**, 34. In sense (2) pret. sg. 3 **do-bert**, 17, 21 ; pf. sg. 3 **do-rat**, 30 ; pass. **do-ratad**, 30 ; **-tardad**, 11 ; subj. corresponding sg. 2 **-tardae**, 29. Verbal of necessity, **tabarthi**, 25 ; verb. noun **tabart**, f., dat. **tabairt**, 19.

do-bidci (dí-bidg-), *throws, shoots at* ; impf. pl. 3 **do-bidctis**, 7 ; verb. noun **díbirciud**.

do-chana : cid do-chana, *what avails it* ? 11 ; apparently a rel. verb ; in Mid.-Ir. also **cid do-chanas**. Cf. **ce chana, cia chan ; ca chan duit .i. cá tharbha dhuit**, O'Clery.

dochum n-, *to,* followed by the gen., **dochum nEmna,** 13, or preceded by a possessive, **a dochum,** *to him,* 18. Mod.-Ir. **chun**. (Originally proclitic form of **tochim, tochaim,** *march, journey,* verb. noun of **do-cing**.)

do-cuirethar, *puts, brings* ; (1) impersonal, **d-a-cuirethar for tír,** *he comes to land,* 28 ; pret. sg. 3 **do-corastar** (= **d-a-corastar** ?), *it came down,* 37 ; pf. sg. 3 **do-rala : do Chonall do-rala imdegail in chóicid,** *it had fallen to C. to guard the province,* 13 ; **do-rala clár clé frinn,** *the left board is turned towards us,* 31 ; cf. Mod.-Ir. **tarla ann é,** *he happened to be there* ; (2) personal, past subj. sg. 3 **ní tochrad glíeid,** *he should not have fought,* 33 ; verb. noun **tochur**.

do-cumlai (to-com-lu-), *sets forth*, 27 ; pl. 3 **do-cumlat**, 18 ;
verb. noun **tochomlud.**

do-dn-erchosaig, *who instructed him*, 11 ; **-er-** = **-en-ro-**
(to-en-com-sech-), verb. noun **tecosc**, n.

do-écai (di-en-cí), *sees, looks at* ; sg. 2 **do-écai**, 31 ; sg. 3
d-an-écai, *looks at him*, 33 ; 3 sg. pres. subj. pass.
with infixed **-ro-**, **-dercastar**, from **do-ro-écastar**, 25 ;
verb. noun **déicsiu**, f. dat. **déicsin**, 1.

do-ecmalla, -tecmalla (to-in-com-ell-), *collects*, 20 ; ipv.
sg. 2 **tecmall**, 19 ; verb. noun **tecmallad ;** under
influence of **teclimm**, *selection*, Mid.-Ir. **teclamad,**
Mod. **teaglamadh.**

do-ella (di-ell-), *turns aside*, 3 ; verb. noun **diall**, n.

do-etarrat (to-etar-reth), *reaches, seizes* ; pres. subj. sg. 2
-tetarrais ; fut. sg. 2 id. 17 ; verb. noun **tetarracht.**

do-fil, with acc., *is at hand*, 31.

do-fuiric (to-fo-air-ic), *finds* ; **d-a-fuircet**, *they find him*, 23.

do-fuit, see **do-tuit.**

do-furgaib (to-ro-uss-gab-), *raises* ; sec. fut. sg. 3.
-turcébad, 5 ; verb. noun **turcbál**, f.

do-frithisi, see **frithissi.**

do-gní, *does, makes*, 19, 22 ; ipv. sg. 2 **dén(a)e**, 37 ; impf.
pl. 3 **do-gnítis**, 7 ; pret. sg. 3 **do-géni**, 10, 35 ; pass.
do-gníth, 20, 36 ; pf. sg. 1 **do-rignius**, 35 ; sg. 3
do-rigni, 6, 10, 21, **-dergéni**, 6 ; pass. **do-rónad**, 32 ;
fut. sg. 1 **do-gén**, 20, 34 ; pres. subj. with **-ro-**, sg. 1
-dern, 37 ; sg. 2 **dernae**, 5, 37 ; sg. 3 **-derna**, 18 ;
past 3 sg. **do-órnad**, 10 ; verb. noun **dénum**, m.

do-greinn, *overtakes* ; impf. pl. 3 **co togrennitis**, *so that
they continued to overtake*, 18 ; verb. noun **tograim**, n.

do-icc (to-icc-), *comes*, 11 ; **tic(c)**, 8, 30 ; pl. 3 **teccat**, 13,
16 ; ipv. sg. 2 **tair**, 5, 12 ; pf. pl. 3 **táncatar**, 13 ;
subj. pres. sg. 3 **-tí**, 30 ; past sg. 3 **-tísed**, 5 ; verb.
noun **tíchtu**, f.

dóig, *likely*, 3.

do-inchosaig (to-ind-com-sech-), *instructs*;   3 sg. impf.
do-inchoisced, 10; perf. sg. 3 do-rinchoisc, 11, 12;
verb. noun tinchosc.

do-ingaib (di-in-gab-), *repels, wards off*; ipv. sg. 2 dingaib,
25; verb. noun dingbál, f.

do-intaí, tintaí (to-ind-so-), *turns*, 31; verb. noun tintúd,
g. tintúda, m.

do-léici, *throws, lets down*, 38.   d-al-léici inna ṡléchtan,
he prostrates himself, 32; impf. sg. 3 do-léced, 18;
verb. noun teilciud.

do-luid, see do-tét.

do-mathi, *threatens*; ipv. sg. 2 tomaid, 31; verb. noun
tomad, g. tomtho.

do-meil (to-mel-), *consumes, spends, enjoys*, 1; verb.
noun tomalt, f.

domun, g. domuin, m. *world*, 12.

do-nessa, *tramples on*, 17; verb. noun tuinsem.

donn, *dun, brown*, 29.

do-nochta (dí-nocht), *lays bare, uncovers*, 21; verb. noun
dínochtad.

do-n-té, see do-tét.

doraid, *difficult*, 1.

do-rala, see do-cuirethar.

do-rat, do-ratad, see do-beir.

dorchae, *dark*, 4.

do-reg, *see* do-tét.

do-rét (to-ríad-), *drives forward*, 20; verb. noun toraimm,
n.

do-r-élastar, *took away*, 30.   Cf. tétlaithir a chranda dó,
his spears are taken out to him, Ir. Texte, II. 1. 177;
tlethar .i. foxal, *taking away*, O'Davoren, p. 470 (no.
1529); tlenamain .i. doetlo, ib., p. 474 (no 1553);
tletiḋ, *they take away*, O'Donovan, Suppl.

do-ridisi, 17, see frithissi.

do-rig (dí-reg-), *strips, lays bare*; do-rig dia glainíni corrici

a áu, *he lays bare from his jaw to his ear*, 2 ; impf.
sg. 3 **do-riged**, 7 ; verb. noun **dírech**, n.

dorn, g. **duirn**, m. *fist, handful*, 30. **fichis dornaib de**, 21,
seems to mean *it boiled with bubbles as big as fists
therefrom.*

do-rochair, see **do-tuit.**

do-roich, do-roig (to-ro-saig-), *comes* ; perf. sg. 1 ; **do-
roacht**, 3 ; **ní do bíad do-roachtamar**, *it is not thy
food that we have come for*, 30.

do-rónad, see **do-gní.**

do-rorban, -derban (di-ro-ben-), *hinders* ; pret. sg. 3 **ní
nderbai**, *it did not hinder him*, 35.

do-rotsad, see **do-tuit.**

dorus, n. *door*, 3, 9. **i ndorus**, *in front of, before*, 4.

do-scara (to-scar-), *overthrows*, 3 ; pres. pass. **do-scarthar**,
5 ; impf. sg. 3 **do-scarad**, 7 ; verb. noun **tascrad**,
g. **tascartha**, m., 7.

do-soí, -toí, *turns* ; ipv. sg. 2 **toí forsna echu**, *turn the
horses !* 31.

do-srenga, *pulls*, 16 ; verb. noun **tarrang.**

do-tét, *comes*, 9, 12 ; pl. 3 **do-tíagat**, 15, 27 ; ipv. sg. 3
táet, 36 ; pret. sg. 3 **do-luid**, 9, 18 ; pl. 3 **do-lotar**, 6 ;
perf. sg. 1 **do-dechad**, 12 ; 2 **-tuidched**, 5 ; 3 **do-dechuid**,
17 ; fut. sg. 1 **do-reg**, 37 ; 3 **-terga**, 34 ; sec. fut.
do-regad, -tergad, 26 ; subj. sg. 2 **do-téis**, 37 ; 3 **do-té :
cid moch do-n-té** (= **do-n-d-té**), *though he come there
early*, 36 ; verb. noun **tuidecht**, f., 7.

do-tuit, do-fuit, *falls*, 27 ; **ní tuit**, 17 ; pl. 3 **do-fuitét**, 38 ;
pf. sg. 3 **do-rochair**, 38, **-torchair**, 32 ; past subj. sg. 3
with infixed **-ro-**, **do-rotsad**, 2 ; verb. noun **tothaim**,
n., 8.

drisiuc, *scratch* (?), 32. Cf. **drisiuc .i. crecht na drisi**,
H. 3. 18, p. 537.

droch, g. **droich**, m. *wheel* ; acc. pl. **drochu**, 22.

druí, g. **druad**, m. *druid, wizard*, 10, 12.

druídecht, g. **druídechtae,** f. *the druid's art, magic,* 10.

druimm, g. **drommo, dromma,** n. *back,* 17.

drús, g. **drúse,** f., 29, from the context seems to mean something like *violence* or *vehemence.* Cf. **baíthi di drúis ⁊ tairpthigi,** *such was his vehemence* (?) *and his violence,* TBC. (Y) 3267. **drús** would be a regular abstract formation from an adj. **drúth,** which probably gives **drúth,** *fool.* Cf. also Welsh **drud,** *violent, furious, vehement.*

du, see **di.**

dúib ⁊ Cú Chulainn, *to thee and Cú Chulainn,* 29. Two things are noteworthy here. (1) The idiomatic plural **dúib,** lit. *to you* (*two*), (*thyself*) *and Cú Chulainn* ; cf. **dúnni et Barnaip,** *for me and Barnabas,* Wb. 10 *d* 1, Thesaurus, Palaeohibernicus i. 563, with note. (2) The nom. **Cú Chulainn,** cf. **indib ⁊ a cétnide,** Sg. 188 *a* 6, and Thesaurus Palaeohibernicus i. 234, note k. The oblique case is exceptional—e.g., **etarru ⁊ in gréin,** Ml. 112 *a* 8.

dul, (1) *going,* serves as a verb, noun to **téit ;** (2) *way, turn ;·* **in dul so,** *this time, now,* 28.

dún, g. **dúne,** n. *fort,* 15 ; pl. **dúne,** ib.

dúnad, g. **dúnaid,** n. *camp,* 28, 31.

dúnaid, *shut* ; ipv. pass. sg. 3 **dúntar,** 8.

dús (= **do fïus**), lit. *to learn,* introduces an indirect question. **dús in n-,** *to learn whether, if perchance,* 27.

du-thain, *short-lived, transitory,* 12 ; the opposite of **su-thain.**

é, *he* ; **sí,** *she,* **ed,** *it* ; pl. **é, hé,** *they* ; with emph. suffix (h)**éseom,** 30, 33, used only absolutely or as pred. with copula ; **Ed,** 11 = Mod.-Ir. **is eadh,** *yes.*

ebaltair, see **ailid.**

écen, f. *necessity* ; **is écen,** *it is necessary,* 31 ; acc. **écin,** *distress,* 27 ; dat. **écin,** *indeed,* 11, 15, 19.

ech, g. **eich,** m. *horse* ; pl. nom. **eich,** 13 ; acc. **echu,** 15 ; gen. **ech,** 27.

echrad, f. (collective) *horses,* 13.

echtrae, *adventure.* **Loch nEchtrae,** lit. *lake of adventures,* 14.

-écius, see **ad-fét.**

éclind, *peril* ; **tar éclinde,** 14.

ecnae, *visible,* 3.

é-comlonn (an-comlonn), *an unequal fight, a fight against odds,* 21.

ecraite, f. *enmity,* 16 ; abstract noun from **ecrae.**

éit, f. *flock,* 10.

eirg, see **téit.**

éirge, see **at-reig.**

eirr, g. **erred,** *warrior (fighting in a chariot),* 27.

elae, *swan,* 17.

-élaitis, see **as-luí.**

ém, *indeed, truly,* 1, 6, 11.

én, g. **éuin, éoin,** m. *bird,* 35 ; acc. pl. **éonu,** 19.

enech, see **ainech.**

éo, g. **iach,** m. *salmon,* 30.

epir, see **as-beir.**

éraimm, n. *drive, course* ; g. **érmae,** 18.

erchomal, *a spancel,* according to Cormac s.v. **langphetir,** applied to what shackles the fore-feet of a horse. The **id erchomail,** 33, seems to have been the part which went round the leg.

ergnad, see **ar-fogni.**

-ermaissim, *I attain,* 22. Cf. **tuisled hó ermaissiu fírinne,** *to fall from reaching* (i.e., *to fail to reach*) *the truth*), Ml. 2 d 5. In the Glosses the primitive verb **ar-midiur** is used in this sense, the derivative **ermaissim** does not occur.

er-nocht, *stark-naked,* 20.

ersloicthe, *open,* 9, past part. pass. of **ar-osailci,** *opens* (**air-oss-olg-**).

er-uath (air + **úath**), *terror*, 31.

esclae, ar esclu, *for an expedition* (?), 16.

éssi, pl. *reins*, 20.

essomon, *truce*, 34.

étach, g. **étaig**, n. pl. **étaige**, n. *dress*, 27, 32.

-éta, see **ad-cota.**

etar-bí (or **etar-ben** ?), *distinguishes* ; sec. fut. sg. 3
    etar-biad : in n-etarbiad a ngnímu, &c., *whether there
    would be a distinction between their deeds* (lit. *it would
    distinguish their deeds*) *provided they reached the age of
    manhood*, 8. Also found with **ní,** *something*, as subject :
    itirbi ni clua(i)s ⁊ aicsen (read **aicsin**)*, there is a
    difference between hearing and seeing*, H. 3. 18, 394 *a.*

etarphort, 14, an adverb of uncertain meaning, *meanwhile*
    (?) : see Wi. TBC. pp. 723, 826.

eter, prep. with acc., *between* ; **eter Ultu ⁊ Éogan**, 4 ; **eter
    mag ⁊ tech**, *both field and house*, 9 ; with affixed pron.
    sg. 3 m. **etir**, 36 ; n. adverbial, **etir**, *at all*, 14 ; pl. 2
    etruib, 1.

éu, *brooch*, 29.

fácabar, see **fo-ácaib.**

fadessin, see **féin.**

fáebor, g. **faebuir**, *edge*, 30.

fáebraige, f. *sharpness*, 20 ; abstract noun from **fáebrach,**
    edged, from **fáebor,** *edge.*

fail : i fail, *beside*, followed by gen., 10.

-faircibtis, see **fo-ricc.**

fannail, g. **fainle**, f. *swallow*, 17.

f-an-ópair, see **fo-fúabair.**

farcab, see **fo-ácaib.**

far n-, bar n-, *your*, 14, 20, 29, 35.

fás, *empty*, 30.

fáthi, *mantle*, 36.

fa-thuaid, *northwards*, 1.

feb, g. **febe,** f. *distinction, excellence.* In **feib ocus indili,** 9, it seems to mean *goods, property.*

fecht (= Welsh *gwaith*), g. **fechtae,** f. (1) *warlike expedition, fight, exploit,* 19 ; (2) *course, time.* **fecht n-and,** *once upon a time.* **ind fecht sa** and **in fecht sa,** *now,* 27. From **in fechtsa** came in Mid.-Ir. **ifechtsa, fechtsa,** whence by metàthesis **ifesta, festa,** whence Mod.-Ir. **feasta.**

fechtnaige, f. *prosperity,* 16, from **fechtnach,** *prosperous.*

féin, *self* ; sg. 3 m. **féin,** 11, **fadessin,** 18, **fessin,** 25.

felmacc, g. **felmaicc,** m. *pupil,* 10.

femmur, g. **femmair,** *seaweed,* 30.

fénae, f. *waggon* ; **i fénal,** 36

féne, see **fían.**

fénid, g. **féneda,** m., 34, *warrior, a member of a* **fían,** q.v.

féotar, see **foaid.**

fer, g. **fir,** m. *man,* 4, 5 ; **fer diib,** *one of them,* 16.

feraid, *pours* ; pret. **ferais snechtae,** *it poured snow, it snowed,* 22.

ferann, g. **ferainn,** n. *land,* 6.

ferdatu, g. **ferdatad,** m. *manhood,* 8.

ferenn, m. *girdle* ; acc. pl. **fernu,** 22.

ferid, see **seir.**

fert, f., acc. dual **dí feirt,** 19, seems from the context synonymous with **fertas,** *shaft of a chariot.* Cf. **eter dí fert in charpuit siar,** Irische Texte ii. 2, 242.

fertas, g. **feirtse,** f. *shaft of a chariot,* of which there was one on either side, projecting also behind, 14 ; acc. dual **eter dí fertais,** 12.

fertas, f. In **for fertais Locha Echtrae,** 14, **fertas** seems to denote a *bar* or *bank* of sand running across the lake. Cf. Tripartite Life of St. Patrick, p. 92.

fescor, *evening* ; **co fescor,** *ever, at all,* 17. Cf. Mid.-Ir. **chaidchi,** Mod. **choidhche,** from **co aidchi.**

féta, 35, *brave* (?).

fetar, see **ro-fitir.**

fethar, see **siur.**

fethid, *attends to,* 8.

fíach, g. **féich,** m. *debt,* 31.

fíad, prep. with dat., leniting, *before, in presence of,* 31 ;
     fíada, *before him,* 36.

fíadnaise, n. *presence* ; dat. **fíadnaissiu,** 4.

fíal, *generous, modest, noble,* 35 ; compar. **féliu,** ib.

fían, g. **féne,** 14, *a band of roving warriors* ; see Meyer,
     Fianaigecht.

fiche, g. **fichet,** m. *twenty,* 37.

fichid, *boils,* 21.

fid, g. **fedo, feda,** m. *wood,* 5.

fidchell, g. **fidchille,** f. *a game of the nature of draughts,* 1;
     draughtboard, 3.

fid-chúach, g. **-chúaich, -chóich,** m. *wooden bowl,* 2.

findruine, f. (?) *some whitish metal, in value between bronze*
     and gold, 30. According to Mr. George Coffey, it is
     bronze plated with silver, of which many specimens
     have been found.

finnae, *a hair* ; dat. **finnu,** 2.

fiss, see **ro-fitir.**

flaith, g. **flatho,** f. *sovereignty,* 1.

fled, g. **flede,** f. *feast,* 8.

fo, prep. with dat. and acc., leniting, *under, throughout* ;
     fo chossaib, 5 ; **fo glún,** *at the knee,* 21 ; **fo sodain,**
     by that (time), 8, &c. ; **co fo thrí,** *(up to) three times,*
     32 ; with art. **fon charput,** 18 ; **fon slóg,** 23 ; **fona**
     maccu, 3 ; with affixed pron. sg. 3 m. dat. **fó-som,**
     12 ; acc. **foí,** 28 ; pl. 3 acc. **foo,** 2 ; with poss. sg. 3
     m. **fo** = **foa,** 32.

fo-ácaib, fácaib (fo-ad-gab-), *leaves* ; pres. ind. pass.
     fácabar, 4 ; fut. sg. 1 **-fuicéb,** 18 ; pres. subj. sg. 1
     with **-ro-, -farcab,** 32 ; past. subj. sg. 3 **farcbad,** 33 ;
     verb. noun **fácbál,** f.

foaid, *sleep, passes the night* ; pret. pl. 3 **féotar,** 22 ; verb. noun **feiss,** f.

fo-ceird, *throws, puts, places,* &c., 5, 9, 36 ; pl. 3 **fo-cerdat,** 2, 21 ; pass. **fo-cerddar,** 9 ; impf. sg. 3 **fo-cerded,** 2, 8 ; pf. sg. 1 **ro láus,** 23 ; sg. 3 **ro lá,** 9, 24, **-ralae,** 18 ; pass, **ro láad,** 25 ; **-rolad,** 21 ; pres. subj. corresponding to pf., sg. 1 **-ral,** 27 ; 3 **-rala,** 24 ; fut. sg. 1 **fo-cichiur,** 37 ; 3 **-foícher,** 20 ; ipv. sg. 2 **cuire,** 22 ; verb. noun **cor,** m.

fo-cessat, *they carry off,* 28.

fochlocht, g. **fochlochta,** *some sort of water plant,* 30.

fo-cíallathar, *cares for, takes heed of* ; ipv. sg. 2 **foichle,** 17 ; pass. subj. sg. 3 **-foichlither,** 20.

fo-dáli, *divides, distributes* ; sec. fut. sg. 1 **fo-dáilfinn,** 32 ; perf. pass. sg. **fo-rodlad,** 23 ; verb. noun **fodail,** f.

fodb, g. **fuidb,** n. *arms, spoils,* 17, 18.

fóed, f. *cry* ; acc. **foíd,** 18.

-fóelais, see **fo-loing.**

fo-érig (fo-ess-reg), seems to mean *rises to attack* ; **f-anérig,** 5.

fóesam, g. **fóesma (fo-sessam),** *protection,* 2, 3 ; verb. noun of **fo-sissedar,** *stands by.*

fo-fera, *causes* ; ref. **fo-d-era** ; perf. sg. 3 **fo-ruar (fo-rofer),** 33 ; verb. noun **fuar.**

fo-fúabair, fópair, fúapair (fo-oss-ber-), *attacks, makes for,* 4 ; **f-an-ópair,** *attacks him,* 8.

fo-gaib, *finds* ; pret. pl. 3 **-fuararat,** 14 ; verb. noun **fagbáil.**

fogaid, *edge (of a sword),* 32.

fo-geir, *heats* ; pret. sg. 3 **fo-sn-gert,** *heated it,* 21.

foglaimm, g. **foglaimme,** n. *learning,* 10 ; verb. noun of **fo-gleinn,** *learns.*

foichle, foichlither, see **fo-ciallathar.**

foiltne, g. **foiltni,** m. *a hair,* 2.

folach, d. pl. **foilgib,** *hiding, hidden treasure,* 37.

folc (= Welsh *golch*), g. **foilce**, *a wash* ; acc. **anais co foilc ⁊ co fothraic**, 22, lit. *he remained until a wash and a bath*, i.e., *until he had washed and bathed*. Cf. **fo nuamaisi ḟigi ⁊ bertha ⁊ ḟoilci ⁊ fothraicthi**, YBL. 37 *a* 31. Cf. also **folcaid**, *washes* ; verb. noun **folcud.**

follscaide, *burnt (at the end)*, 35, from **fo** + **loiscthe**, part. pass. of **loscaid**, *burns.*

folmaisse (?), *purposing, attempting* ; e.g., **ic falmaisi a lecthi**, *purposing to abandon her*, LU. 4242, **ac folmaisi a gona**, *trying to wound him*, LL. 74 *a* 19. But **do ḟolmaissiu a báis**, 9, *to have been almost slain.* Cf. **confolmaissiur derchoíniud**, *I almost despaired*, Ml. 50 *d* 8. For the development of meaning cf. **-fúapair**, *attacks, sets to*, with Mod.-Ir. **gur dhóbair go leagthí é**, *that he was near being knocked down*, Aesop iv.

fo-loing, *supports, endures* ; **f-al-loing-som**, *it endures him*, 12 ; fut. sg. 2 **-fóelais**, 35 ; verb. noun **fulach, fulang.**

folúamain, *flying, hovering (in air)*, 20 ; seems to serve as verb. noun to **fo-llúur**, *I fly.*

fo-luigi, *hides*, 21 ; verb. noun **folach.**

fomus (**fo-mess**), m. *calculation*, 23 ; cf. **béim co fomus**, *a properly calculated stroke*, one of Cú Chulainn's feats.

fo-noí, *cooks* ; pass. partic. **fonaithe**, 5 ; verb. noun **fuine**, dat. **fuiniu**, 5.

fópair, see **fo-fúabair.**

for, prep. with dat. and acc., *on, upon, against* ; **for longais**, *in exile*, 1 ; **for lúamain**, *in flight*, 18 ; with art. **forsin choirthiu**, 15 ; **forsin n-echraid**, 13 ; **forsna maccu**, 3, with affixed pron. sg. 1 **form**, 3, 23 ; 2 **fort**, 23 ; 3 m. **fair**, 2 ; pl. 1 **forn**, 27 ; 3 **forru**, 2, 7 ; with poss. sg. 1 **formo**, 4 ; 3 m. **fora muin**, ib.

foraim (**fo-réimm**), n. *chasing* ; dat. **foraim**, 35.

for-aire, f. *watching*, 13.

for-ben, *cuts, wounds*; pret. sg. 3 **for-bí, -forbai. ní forbai** (from **ní-n-forbai**), *he wounded him not,* 32.

for-derg, *very red, crimson,* 24.

fo-reith, *helps* (cf. Lat. **suc-curro**); pret. pl. 3 **fo-rátha-tar,** 4.

forgab, g. **forgaib,** m. *thrust*; **cét-forgab,** *first thrust,* 17.

for-gemen, m. *skin covering*; acc. pl. **forgaimniu,** 16.

-forgéni, see **ar-fogni.**

forglide, *choice,* 24; an adj. from **forglu,** *a choice.*

fo-ricc (fo-ro-icc-), *finds*; pl. 3 **fo-rec(c)at,** 13, 18; fut. sg. 3 **fo-m-ricfa-sa,** *he will find me,* 36; sec. fut. pl. 3 **ní faircibtis** (= **ni-n-faircibtis**). *they would not find him,* 9.

forlonn, *overpowering,* 31.

formach, g. **formaig,** *increase,* 38.

fo-rodlad, see **fo-dáli.**

for-tá, *is upon.* **for-biad a ainm Hérinn,** *his name would be upon Ireland,* 12. Cf. **conid a ainm-side for-tá a mbélra sa,** *so that it is his name which is on this tongue,* Book of Ballymote, 324 *a* 16.

fortgae (= **for-tugae**), f. *covering*; pl. nom. **fortchai.** 24; acc. **fortgai,** 16.

fo-ruimi, fo-rumai, *places, puts*; pret. sg. 3 **fo-ruim,** 12, **-foruim,** 32; intr. **fo-rrumai** (or = **fo-s-rumai,** *put themselves?*) *come,* 3.

fossud a mullaig, 32, used of *the crown of the head*; but the precise force of **fossud** is uncertain. A similar phrase is **fosad a étain,** Ir. Texte, ii. 2, 242. Cf. also **foss-mullach** and **fossad-mullach,** Ir. Texte, iv. 1, 406.

fót, g. **fóit,** m. *sod,* 32.

fothraic, *a bathing,* 22.

fothrucud, g. **fothraicthe,** m. *act of bathing,* 27.

fri, prep. with acc., *towards, against, to*; **as-bert fri,** 8; **comrac fri,** 13; with art. **frisin coirthe,** 9; **frissin n-araid,** 16; **frisna maccu,** 38; with affixed pron.

sg. 1 (**frim(m)**, 28, 32 ; 2 **frit(t)**, 20 ; 3 m. **friss, 4, 12** ; f. **friae,** 23 ; pl. 3 **friu,** 29 ; with poss. sg. 3 m. **fria aiss,** 2 ; with rel. + infixed pron. **frissan-da,** 14.

fris-áilethar, *expects* ; pl. 2 **-frithálid,** 8.

fris-gair, *answers,* 5 ; verb. noun **frecrae,** n.

fris-indle (frith-ind-ell-), *deals with, tackles,* 9.

frithissi, acc. of **frithis (frith + éis,** *backward track*), used with poss. pron. Originally the poss. varied according to the subject, e.g., **co ndechus mo ͘frithissi,** *that I may go back,* 37 ; **ara tísam ar frithisi,** *that we may come back again,* LU. 4509. In time the etymological force of the phrase came to be no longer felt, and either **a͘rithisi,** 14, where **a** is poss. sg. 3 masc. or neut., or **do͘rithisi,** 13, 31, was used without reference to the subject. In Mid.-Ir. **aridisi, arísse, doridisi, dorísi,** &c., are used indiscriminately, and the mod. **arís** occurs as early as the twelfth century.

fúachtae, 35, seems to mean *sharpened.*

-fuaratar, see **fo-gaib.**

fuil, g. **fola,** *blood,* 20.

fuine, see **fo-noí.**

fuirec, n. *feast,* 6.

fuit, 4, probably Mid.-Ir. form of O.-Ir. **uit,** *alas !*

fulucht, g. **fulachta,** *cooking-pit,* 5.

gabait, *section, piece* (?) ; pl. **gabaiti,** 38. LL. has **a tri gaibti rainti,** *his three divided sections* (?).

gabul, g. **gablae,** f. *fork* ; acc. **gabuil,** 23, 24.

gáe, m. *spear,* 11, 37.

gáeth, g. **gaíthe,** f. *wind* ; acc. **gaíth,** 18.

gaibid, *takes* ; sg. 3 **gaibid,** 5, **-gaib,** 1 ; impf. sg. 3 **-gaibed,** 2, 8 ; ipv. sg. 2 **gaib.** 3 ; pret. sg. 3 **gabais,** 2 ; pf. **ro gab,** 30 ; fut. sg. 3 rel. **gébas,** 12 ; sec. fut. sg. 3 **no gébad,** 11 ; **gaibid fri,** *withstands,* 35.

gáid, see **guidid.**

gaisced, g. **gaiscid,** *weapons* (collective), *set of arms,* 5, 11, 12 ; *valour, fighting,* 37.

gal, g. **gaile,** f. *valour,* 13.

ganem, g. **gainme,** f. *sand,* 30.

garait, *short,* 32.

géis, *swan* ; pl. g. **gésse,** 19, 20.

geiss, g. **gesse,** f., *a prohibition, taboo, a thing forbidden,* 15, 20.

gel, *white,* 15.

gelid, *grazes* ; ipv. pl. 3 **gelat,** 16 ; verb. noun **gleith.**

gell, g. **gill,** n. *pledge.* **di giull di inchaib Connacht,** *for the honour of Connacht,* 34.

-gén, see **gonaid.**

gillae, m. *lad,* 6, 8.

glainíne, f. *jawbone,* 2.

glaiss, g. **glaisse,** f. *stream,* 23.

glanad, m. *cleansing,* 32 ; verb. n. of **glanaid,** *cleanses.*

glé, *clear,* 35.

glenaid, *sticks fast,* 19 ; verb. noun **glenamon.**

gléo, g. **gliad,** *fight*ˋ dat. **gléo,** 20 ; acc. **glieid,** 33.

glúasacht, g. **glúasachtae,** f. *moving, motion,* 9, 20 ; verb. noun of **gluaisid,** *sets in motion, moves.*

glún, g. **glúne,** n. *knee,* 21.

gnáth, *customary,* 14.

gním, g. **gnímo, gníma,** m. *deed,* 6, 10.

gnúis, g. **gnússo, gnússa,** f. *countenance,* 20.

gol, g. **guil,** *wailing, weeping,* 4, verb. noun of **guilid.**

gonaid, *wounds, slays,* 17 ; **ní gonaim,** 36 ; fut. sg. 1 **-gén,** 31 ; sec. fut. sg. 3 **no génad,** 26 ; verb. noun **guin,** g. **gona,** n.

gorm, *blue,* 21.

gráin, *horror,* 31.

grés, in phrase **do grés,** *always,* 7, 21.

gress, g. **greisse,** f. *insult, dishonour,* 35.

grísad, m. *inciting,* 18.

gúas, f. *peril,* 15.

gubae, *lamentation,* 33.

guidid, *beseeches, prays,* 1 ; pret. sg. 3 **gáid,** 13 ; verb. noun **guide,** f.

hé, see **é.**

hí: in maicc hí, *those boys,* 4.   Here **hí** seems to have the sense of the usual **(h)í-sin.**

í, see **an-í, í-sin, í-siu.**

i n-, prep. with dat. *in,* **i nÉre,** 1 ; with acc. *into,* **hi carpat,** 16 ; with art. dat. **isind ármaig, issin chlud,** 5 ; acc. m. f. **issin n-uisce,** 26, **isin n-abainn,** 15, n. **isa cluichemag,** 4, **issa tech,** 9 ; with affixed pron. sg. 2 **indiut,** 32 ; 3 dat. m. n. **and,** 1, f. **indi,** 5 ; with poss. sg. 1 **im,** 16 ; 2 **it,** 3 ; 3 **inna,** 2, 18 ; pl. 1 **innar,** 16 ; 2 **ifar,** 8 ; 3 **inna,** 2 ; before verbs *in which, into which,* **i ndechuid,** 21.

iadaid, *closes* ; pret. sg. 3 **íadais,** 2.

íall, g. **éille,** f. *flock,* 20, 35 ; acc. **éill,** 19.

íar n-, prep. with dat. *after* ; **íar sin,** 6 ; **íar céin móir,** *for a long time,* 23 ; **iar mBregaib,** *along Brega,* 18 ; **íar n-arailiu,** *according to another version,* 9 ; with art. **íarsin gním,** 6 ; with affixed pron. sg. 3 n. **íarum,** *then,* 2, 3, 4 ; with poss. sg. 3 n. **íarna scríbund,** 24.

íarair, g. **íarra** (from **iarara**). f. *seeking, pursuit,* 18 ; cf. **iarraid,** *seeks.*

íarmi-foich (íarmi-fo-saig-), *seeks, asks* ; ipv. sg. 2 **íarfaig,** 33 ; pret. sg. 3 **íarmi-foacht,** 10 ; verb. noun **íarfaigid.**

íarmóracht, *pursuit,* 35.

íarnabárach, *on the morrow, next morning,* 22.

íarndae, *of iron,* 20.

íarthar, g. **íarthair,** *back part,* 25.

íarum, see **íar n-.**

íasc, g. **éisc,** m. *a fish,* also collectively *fish,* 30.

íath, g. **íatha,** m. *meadow, land, region* 15.

id, g. **ide,** m. *band,* or *collar,* such, e.g. as was put round
the feet of cattle to shackle them 15, 33.

il-, *many* ; **il-phartib,** 32, see **pairt.**

im-beir, *plays, plies, practises,* &c. ; fut. sg. 3 **-imbéra,**
17 ; verb. noun **imbert,** f. ; **bréc do imbirt,** 11 ; **oc
imbirt búanfaig,** 29 ; *treatment,* 33.

imbliu, g. **imblenn,** *navel,* 32, 38.

imbúaruch, i mbúaruch, *this morning,* 12 = prep. **i n-** +
búaruch, dat. of **búarach,** from **bó** + **árach,** *the lying
up of the cows for milking.* Contrast **imbárach, i
mbárach** = Mod.-Ir. **amárach,** *to-morrow* ; **ara bárach,
íarna bárach** = Mod.-Ir. (**lá**) **'rna bhárach,** *next
morning, next day,* in narrative.

im-comairc (**imm-com-arc-**),, *asks,* 12, 25 ; pret. **im-
comarcair,** 15 ; verb. noun **imchomarc,** n.

im-díg (**imm-di-fich-**), *protects* ; fut. sg. 1 **im-díus,** 10 ;
verb. noun **imdegail,** g. **imdeglae,** f. 10.

im-dírech, n. *mutual stripping,* 7.

im-folach, *hiding,* 35.

imgabáil, imgabae, imgéb, see **imm-imgaib.**

im(m), prep. with acc., leniting, *about* ; **im Mugain,** 21 ;
im alaile, 28 ; with art. **imna echu,** 19 ; with affixed
pron. sg. 3 m. **imbi,** 4, 21 ; with poss. sg. 3 m.
imma chness, 32.

immaig (= **i mmaig,** lit. *in the plain*) = Mod.-Ir. **amuigh.**
without, 9. If the proposed emendation be right, **is
bethu,** &c., would seem to mean, *my livelihood is a
livelihood lost, and my householding is a householding
in the open* (i.e., I am without home and substance).

imm-áin, g. **immána,** f. *driving,* 5 ; verb. noun of **imm-aig,**
drives.

imm-aire, f. *watch,* 30.

immarchor, g. **immarchuir,** m. *errand,* used also of *the object of the errand, the terms offered,* 29.

immargal, g. **immargaile,** f. *strife,* 38.

imma-sínithar dóib, 5, lit. *there are mutual stretchings to them,* i.e., *they grapple with one another.* For the impersonal use of the verb, preceded by **imma-n-,** and followed by **do,** cf. **immorachlui dia claidbib ocus immorobris dia sciathaib,** *their swords were mutually victorious, and their shields were mutually broken,* Windisch, Irische Texte, ii. 1, 183 ; **nímaßtir dóib,** *they knew not one another,* Irische Texte, i. 17, **ómanacca dóib,** *when they saw one another,* LL. 256 a 37.

imm-ecal, *sore afraid,* 16.

imm-ḟorcraid, *superfluity,* 11.

imm-imgaib, -imgaib (imm-oss-gab-), *avoids* ; fut. sg. 1 **-imgéb,** 37 ; subj. sg. 2 **-imgabae,** 37 ; verb. noun **imgabáil,** f., 37.

immudu, *lost, gone to waste,* 9. Cf. **i techt mudu,** *for the loss,* Wb. 16 d 4, and Mod.-Ir. **dul amú,** *to be lost.* Probably dat. of **madae,** *vain,* with prep. **i n-.**

immurgu, *however,* 16, 35 ; in Mid.-Ir. **immorro.**

imnisse, *contention,* generally in the phrase **imnisse chatha,** 4, but also by itself, e.g., **boí i n-imnissiu fri Saxanu,** *he was in warfare against the Saxons,* Meyer, Voyage of Bran, i. 42.

im-rét (imm-ríad-), *drives round, drives forward,* pl. 3, **im-ríadat,** 18 ; verb. noun **imrim,** g. **imrimme,** n. 18.

im-rind, 25, an adjective of uncertain meaning. Cf. **fer n-imrind,** YBL. 42 b 36, **da sleig imrindi,** Book of Ballymote 470 b 32. **la fianlaech n-uabrech n-imrind,** LL. 276 b 14.

im-soí, *turns,* 12 ; verb. noun **impúd,** m. **im-soí in carpat fó-som,** *he turns the chariot under him* (sc. Cú Chulainn). The charioteer wished to make the ceremony as short as possible.

im-tét, *goes about, goes through, sets forth* ; sg. 1 **imma-tíag,** `17 = **imma-n-tíag,** with rel. **n- ;** verb. noun **imthecht,** g. **imthechtae,** f. *wandering, travelling, setting forth, adventure,* 25.

imthascrad, g. **imthascartha,** m. *wrestling,* 7 ; verb. noun of **im-tascra (imm-to-scar-),** *wrestles.*

in, ind, a n-, &c., def. art. ; idiomatically used of a particular individual not previously mentioned, **co n-accae in fer,** *he saw a man,* 4, 5.

in n-, interrog. particle, **in frithálid** ? 8 ; with copul. **in gaisced,** 11 ; **inn é,** 25 ; pl. 3 **indat,** 15.

inairdriuch, 2, obscure. The sense is indicated by LU. 6457, **srengais in n-ól don fidba chnáma,** *he drew back the cheek from the jawbone.* (In Leabhar Brecc, 127 *a* 44 **fidba cnáma** signifies the jawbone wherewith Samson slew the Philistines.)

inar, g. **inair,** *tunic,* 28.

inathar, g. **inathair,** *entrails,* 9.

inber, g. **inbir,** n. *estuary* ; pl. acc. **inbera,** 30.

inbuid, f. *time,* 10.

inchaib, see **ainech.**

in-chróes, *gullet,* 3.

in-cosaig (ind-com-sech-), *points out,* 15 ; ipv. sg. 2 **inchoisc.** 1 ; verb. noun **inchosc** n.

inda (da, ata) limm, lat, &c., *it seems to me, I might have thought,* &c., *2,* 23. In Mid.-Ir. **indar, dar, atar.** Mod.-Ir. **dar.** Scottish Gael. **ar.**

in-daas, *than,* 35.

indaig brot, *ply the goad,* 13, 19 ; **indaig** ipv. sg. 2 of a compound **ind-aig.** Cf. **aig brot,** LL. 109 *a* 24. Another phrase is **saig brot,** LL. 59 l. 27, &c.

ind-ala (Mid.-Ir. indara, Mod.-Ir. an dara), *one of two* ; **in-dala—aile, alaile,** *the one—the other,* 2, 5, 9.

indas, n. *manner,* 17, 25.

indass, 1.   **dobér indass fair = dobér-sa ardmess fuirri** in LL., *I will make a guess at it.* In this sense I have no other instance of the word.

indat éside, *is it they* ? 15, see **in n-.** The answer is **at é,** *it is they,* with a dependent form of the copula. Cf. s. v. **nách.**

indé, *yesterday,* 36.

indile, f. *cattle,* 8, 9.

indiu, *to-day,* 16.

indnaide, f. *waiting,* 31 ; verb. n. of **in-neuth,** *I wait.*

indossa, *now,* 3, 6 ; from **ind ḟoss-sa,** from **foss,** *staying.* Mod.-Ir. **anois,** from **ind ḟoiss.**

inge, *but,* 30 ; **inge ma = acht ma,** *unless,* 34.

ingnad (an-gnáth), *strange* ; compar. **inganto,** 18.

in-gníma, *capable of action,* 10.

in-láa, *fixes, adjusts* ; *yokes,* 16 ; *aims,* 19 ; verb. noun **indell.**

intádud (ind-ṡádud), 24, verb. noun of **in-sádi,** *fixes.*

intech, g. **intich,** d. **intiuch,** *scabbard,* 30.

intliucht, g. **intliuchta,** m. *understanding, sense,* 23.

irchlige, see **ar-clich.**

irraír = Mod.-Ir. araoir, *last night,* 25.

í-sin (demonstrative particle **í + sin),** *that* ; with neut. art. **anísin,** *that,* 2, 3, 8, &c. ; **for-san-í-sin,** *on that,* 23 ; after noun preceded by art. **forsin n-immarchor n-ísin,** *on that errand,* 29.

í-siu (demonstrative particle **í + siu,** *here,* dat. of **se),** *this* ; with neut. art. **anísiu,** 22.

la, prep. with acc. *with, by* ; with art. **las(s)in snechtae,** 22, 25 ; with affixed pron. sg. 1 **lim, lem(m),** 1, 4, 8, 32 ; 2 **lat(t),** 2, 30 ; 3 m. **leis(s), lais(s),** 2, 6, 8, 17 ; pl. 1 emph. **linni,** 5 ; 2 **lib,** 34 ; 3 **leo,** 9 ; with poss. sg. 1 **lam,** 30.

-lá, see **fo-ceird.**

láa, g. **laí,** n. *day,* 1, 10.

láech, g. **laích,** m. *warrior,* 5, 16, 36.

lám, g. **lámae,** f. *hand,* 5, 9, 14. **gaib it láim,** *undertake,* 3.

lán, *full, complete,* 21.

lár, g. **láir,** n. *ground ;* **for lár** (= Mod.-Ir. **ar lár**), (1) *on the ground,* 2, (2) *in the middle of,* 11.

láth, g. **láith,** m. *warrior,* 3 ; **láth gaile,** 13, where **gaile** is gen. of **gal,** f. *valour.*

láthraim. In the O.-Ir. glosses this verb often glosses *expono ;* in the sense of *set forth, expound,* it is also found elsewhere. On p. 19, however, it seems to be used of some peculiar cast.

léicid, *lets, leaves.* **léicthi = léicith-i,** *lets it go,* 15 ; ipv. pass. **léicther de,** *let him be slipped,* 8 ; cf. **roléicsed da conaib,** *they slipped their hounds,* Rev. Celt. xiii. 46 ; verb. noun **léiciud,** m., 1.

léimm, see **lingid.**

lenaid, *follows* (with **di**) ; pret. sg. 3 **lil,** 29 ; verb. noun **lenomon.**

lenamnach, *following persistently,* 32.

léne, f. *tunic,* 21, 29.

léod, *a cutting, hacking,* 24, 25.

lepaid, g. **leptha,** f. *bed,* 21.

1. **less,** g. **lessa,** *advantage, need.* **ro-iccu less,** followed by gen.

1. **less,** g. **lessa,** *advantage, need.* **ro-iccu less,** followed by gen. *I need ;* **ro-iccu a less,** *I need it.* **ro-iccu less** became a set phrase ; hence instead of the original genitive the accusative appears after it—e.g. **recmaít a les sudigud ┐ ordugud cach rechta,** *we need the establishing and ordering of every law,* LU. 9770. In **ro-sn-ecam a less,** 18, the infixed pronoun is strange. The only possible explanation of it would be that it anticipated the object, and from **ba hé less nod-mbert,**

that was the need which brought him, LL. 249 *b* 26, it appéars that **less** was masc., not fem. Read **ro-ecam a ·less** ?

2. **less,** g. **liss,** m. *a court enclosed by a wall,* 9 ; d. **liuss,** 20.

less-ainm, n. *nickname, misnomer,* 17.

1. **leth,** g. **leith,** d. **leuth,** n. *half,* 4, 30.

2. **leth,** g. **leithe,** d. **leith,** n. *side.* **ced leth,** *on which side, whither* ? 1, 34 ; **di cach leith,** *on every side,* 5.

lethan, *broad* ; compar. **letha,** 2.

lethe ; co sescaind cach ball de a lethe, *so that every limb of him sprang apart,* 9. From a noun **lethe,** *half* ? Cf. **mó trín is lugu lethi,** *more than a third and less than a half.* LL. 88 *b* 48 ; **fo lethe** Laws iv. 328, 5 = **fo leith,** 324, 14.

liae, g. **liac,** m. *stone,* 33 ; dual **in dá liic,** 4.

líathróit, g. **líathróite,** f. *ball,* 2, 7. The O.Ir. form seems to have been **líathrit.**

lige, n. *lying, bed,* verb. noun of **ligid,** *lies.* · **do-rochair inna lige,** *he fell on his back,* 32.

lil, see **lenaid.**

lilmaither, see **ro-laimethar.**

lín, g. **líno, lína,** m. *number,* 10, 22, 25, 31.

línaid, *fills* ; impf. sg. 3 **no línad,** 7.

lind, g. **lenda,** n. *liquor, liquid, water,* used also of *the sea,* 17. There seems to have been also a fem. **lind,** g. **linde,** dat. acc. **lindi,** *pool.* Cf. Mod.-Ir. **lionn,** *liquor, beer,* and **linn,** *pool.*

lingid, *springs,* 28 ; verb. noun **léimm,** g. **léimme,** n. dat. **léimmim,** 27.

loch, g. **locho, locha,** n. *lake,* 14.

lodmar, see **téit.**

lóg, lúach, g. **lóge,** n. *price, value, pay, reward,* 13.

lond, *angry,* 32.

longas, g. **loingse,** f. *exile.* **for longais,** *in exile,* 1.

longaid, *eats,* 6 ; verb. noun **longud.**

1. **lorg,** f. *club, cudgel*; dat. **luirg,** 5; acc. **loirg,** 8. **lorg ánae,** *driving club, hurley* (see **án**). **Is garait mo lorg latt,** *you think my club short,* 32, may be a proverbial expression. Perhaps there is an allusion to the **cú loirge,** *cudgel dog,* mentioned in the Laws, explained as **cú ris ná gabann greim lorg,** *a dog on whom a cudgel takes no effect,* Ériu x. 124, and to the name Cú Chulainn. Cf. **do-rigtis a fíacla amal choin fri luirg,** *they bared their teeth like a hound against a cudgel,* Book of Ballymote, 495 a 4.

2. **lorg,** m. *track,* 22.

loss, *tail, end,* 2.

lotar, see **téit.**

lour, *enough,* 14. **is lour leiss do-dechuid dia muintir,** 34, *he thinks enough of his folk have come* ; here **do-dechuid** stands for what would usually have been **a ndo-dechuid.**

lúamain, *flying, flight* ; for **lúamain,** *in flight,* 18.

lúan láith, *warrior's moon* ; a beam of fire supposed to spring from a hero's head, 3.

lúas, m. *swiftness,* 18.

lue, f. *steering oar* ; acc. **lui,** 30.

luid, see **téit.**

luinde, f. fierceness, 29 ; abstract noun from **lond,** *fierce.*

-m-, infixed pron. sg. 1, **ro-m bíth,** 4 ; **do-m-íusche,** 16.

má, *if,* 30, 35.

macc, mac, m. *son, boy, lad,* 9 ; g. **maicc,** 10 ; pl. n. **maicc,** 4 ; acc. **maccu,** 2, 3.

maccán, g. **maccáin,** m. *lad,* 9, 13.

mac-cóem, m. *youth, lad,* 31.

machdad, machthad, m. *wonder.* **is m. limm,** *I wonder at,* 24 ; **nípu machdad,** *it were no wonder,* 10.

mac-daltae, m. *young fosterling,* 29.

macrad, g. **macraide,** f. *lads,* a collective from **macc,** 1, 3.

1. **mad** proclitic form of **maith,** used adverbially in composition with a following verb ; **ní mad airgénus,** lit. *not well did I prepare = would that I had not prepared,* 9 ; **ní mad lodmar,** *would that we had not gone,* 22. Here the preterite is used, not the perfect.

2. **mad,** *if it be, if it were,* 3 sg. present or past subjunctive of the copula with **ma,** *if.* **mad iar n-arailiu,** *if it be according to another,* i.e., *according to another (version),* 9.

mag, g. **maige,** n. *plain,* 5, 10, etc.

maigen, g. **maigne,** f. *place,* 14, 27.

maidid, *breaks, bursts* (intrans.) ; pret. sg. 3 **memaid,** 12, 14 ; pl. 3 **-memdatar,** 4 ; verb. noun **maidm,** g. **madmae,** n. 11. **maidid** is often used impersonally to signify *defeat* ; in this usage **for** with acc. expresses the vanquished, **re n-** the victor, e.g., **maidid for Connachta re Conchobur,** *the Connachtmen are defeated by Conchobar.* **maitti,** 4, 21 = **maidith-i,** with affixed neut. pron. Such an affixed pron. is found with other verbs of motion, e.g., **cingthi,** *he goes,* **lingthi,** *he springs.* It may be compared with the infixed neut. pron. found in similar compound verbs, e.g., **do-d-íssed,** *who should come there* (lit. *should come it*). See 1. **a** and **són.**

maith, *good* ; **ní maith ro mbátar frimm,** *they have not been kind to me,* 3 ; **maith lem (lim),** *I am content,* 10, 12, 14 ; as substantive, n. 29.

mánae, see **móin.**

mánaís, *broad-pointed spear,* 17, 30.

mani, *if not,* 17. **manipad,** *were it not,* i.e., *but for,* past subj. sg. 3 of the copula with **mani** ; governing the acc. like the prep. **cen,** 31.

már, see **mór.**

maraid, *remains* ; sec. fut. pl. 3 **no mértais,** 11.

marb, *dead,* 18, 19 ; see **béo.**

marnaid, *betrays* ; pret. pl. 1 **-mertamar,** 22 ; in **nā mertamar mad** should be supplied from the preceding : *would that we had not gone thither, nor betrayed Ulster* ; verb. noun **mrath** (later **brath**), g. **mraith,** n.

massu, leniting, *if it be,* 24, 36.

matan, g. **maitne,** f. *morning.* **Ba moch a mmatan do éirgiu,** lit. *their morning was early for rising,* 22 ; dat. **matain muich,** *in the early morning,* 27.

mé, *I,* 11.

méde, *neck,* 38.

medón, *middle,* 5.

memaid, see **maidid.**

mend, *stammering,* 4.

mértais, see **maraid.**

mertamar, see **marnaid.**

mesc, *confused,* 22.

mescad, g. **mesctha,** m. verb. noun of **mescaid,** *stirs, agitates, confounds,* 18.

messa, *worse* ; comparative of **olc,** *bad.* **ní messa de,** &c., 6 ; lit. *it is not the worse for knowing him* ; *he is a fosterling of ours,* i.e., *we know him all the better that he is a fosterling of ours.*

messe, emphatic form of **mé,** 9.

mimasc, g. **mimaisc,** *some part of the spear,* 30. From the context it appears that it lay at the opposite end of the shaft from the **adarc,** but what it was does not appear. In another connexion the word appears in Laws i. 184, **im chinaid do mimaisc,** where **do mimaisc** is explained as **do chomla,** *thy gate.* O'Davoren s.v. **mimasc** (No. 1227) gives various explanations, and winds up by saying **bidh doig comad ainm do trost comla é,** *it is probably a name for the beam of a door.* It may be noted that **comla** is also a name for some part of the spear ; see Cymmrodor xiv. 105.

miscuis, *hatred* ; **ar do miscuis,** *for hatred of you,* 29.

mo, *my* ; the **o** is often kept before a vowel, **mo ḟoesam,** 3 ;
    mo ainm, 10 ; **mo urchair,** 14.

moch, *early,* 22, 27, 36.

móeth-chuilén, m. *tender whelp,* 33.

moídid, *boasts* ; pf. sg. 3 **ro moídi,** 35 ; past subj. sg. 3
    no moíded, 35 ; verb. noun **moídem,** g. **moídme,** f.

móin, máin, g. **mónae, mánae,** 15 ; dat. and acc. **mónai,** 19.

mór, már, *great, big,* 15, 19, 33, 36 ; compar. **móo,** 16, 35 ;
    equative **móir,** *as big as,* followed by the acc., 2.

mos, *soon,* along with a following verb, 31.

mucc, g. **muicce,** f. *pig,* 5.

muccaid, g. **mucceda,** m. *swineherd* ; **Mag Mucceda,** 27.

muimme, f. *foster-mother,* 4.

muin, *the upper part of the back,* 4.

muinter, g. **muintire,** f. *household, folk,* 24, 34 ; **fer
    muintire,** *servant,* 9.

muir, g. **mora, mara,** n. *sea,* 36.

mullach, g. **mullaig,** n. *top, crown of the head,* 3, 32.

1. **-n-,** relative particle, nasalizing.
(*a*) It is used optionally to express the acc., e.g., **lín
    do-n-inchoisched Cathbad,** *the number that C. used to
    teach,* 10.
(*b*) It has the force of an oblique case of the rel., e.g.,
    in praipi ro mbítha, *with the swiftness with which they
    have been slain,* 26 ; especially after adjectives of
    manner, **ní maith ro mbátar frim,** *not good is the way
    in which they have been towards me,* i.e., *they have not
    been kind to me,* 3 ; after nominal and pronominal
    conjunctions, e.g., **in tan ba n-áin,** *when it was driving,*
    7 ; **fo bíth no mbíid,** *because he used to be,* 13 ; **céin
    do-ngéni,** *as long as he did,* 35 ; so after **ol-daas:
    ol-daas ro mbéotar,** 15.
2. **-n-,** infixed pron. of 1 pl. ; **no-n sáraigedar,** 2 ; **ro-n
    bíth,** *let us have,* lit. *let there be to us,* 34.

1. **ná,** *nor, or,* after a preceding negative, **du thír ná ferunn,** 6.

2. **ná,** *not,* with ipv., **ná bíd, ná gelat,** 16. With infixed pron. sg. 1 **náchim thomaid,** *do not threaten me,* 31. With copula sg. 2 **nába,** 32 ; 3 **nábad,** 24. In **nábad sochuide,** *that it should not be a multitude,* 6, **nábad = arnábad,** past subj. ; see **ara n-.**

nach, pretonic form of **nech ; nach áe,** *any of them.* **ní cumci-siu ón, a béo nach áe do breith,** *you cannot (do) that, (namely) bring any of them alive,* 19.

1. **nách,** dep. neg. of copula ; **as-berat . . . nách móo,** 15 ; as interrog. (= **in nách), nách tussu** ? 11. In **nách é,** *not he,* 25, and **nách mé écin,** *not I indeed,* 11, the dependent **nách** is used in a negative answer. This is a common idiom in O.-Ir., e.g., " **Anat didiu,**" ol **Ailill.** " **Nách ainfet dano,**" ol **Medb,** " *Let them stay then,*" *said Ailill.* " *Stay they shall not,*" *said Medb,* LU. 4632. So the dependent **fil** is used in answer to **in fil** in interrogation, e.g., " **In fil imbass forosna lat** ? " or **Medb.** " **Fil écin,**" or **ind ingen,** " *Hast thou imbas for-osndai* (a form of divination) ? " *said Medb.* " *I have, indeed,*" *said the maiden,* LU. 4527. So may be explained the prototonic **cumcim** in **cumcim écin,** *I can, indeed,* 19, and **atmu,** 3.

2. **nách,** dep. neg. with infixed pron., **nách díusched = nách-n-díusched,** *that he should not awake him,* 16. **con-nách ráncatar,** *so that they did not reach him,* 2.

3. **nách,** *nor ;* **disíu nách anall,** 23, = 1. **ná.**

naidm, *see* **nascid.**

nammá, *only,* 7, 29.

nascaid, *binds ;* perf. sg. 2 **ro nenasc,** 31 ; pass. subj. pres. **ro nastar,** 3 ; perf. ind. sg. 3 **ronass,** 3 ; with **fóesam** followed by **for,** *to bind another to protect one,* 3 ; verb. noun **naidm,** g. **nadmae,** n. 2.

náthar, *of us two ;* **cechtar náthar,** *each of us two,* 28.

náthó, *not so, no,* 8 ; cf. **tó,** *yes,* LU. 1868, LL. 280 *a* 16.

nech, g. **neich,** d. **neoch,** *any one,* 2, 11, 13 ; see 2. **ní.**

nechtar, *either of two,* 20.

nenasc, see **nascaid.**

nessa, *nearer* ; **nessam,** *nearest,* 19.　The positive is **ocus** =
　　Mod.-Ir. **fogus.**

-ni, emphasizing pron. 1 pl. **diar muintir-ni,** 24.

1. **ní,** *not,* **ní regae,** 1 ; with infixed pron. sg. 1 **ním**
　　dersaige, 16 ; 2 **nít gén-sa,** 31 ; 3 m. **ní n-imgabae,**
　　37 ; **ní faircibtis** (= **ní-n-faircibtis**), *they would not*
　　find him, 9 ; as neg. of copula, **ní fíach,** 31 ; with
　　ro, níro, 8.

2. **ní,** g. **neich,** d. **neoch,** neut. of **nech,** *something,*
　　anything ; **co cúalae ní,** 5 ; **ní do imthechtaib,** 25 ;
　　ní as móo, *any more,* 16 ; **ní bad chalmu,** *more bravely,*
　　5, where **bad** is 3 sg. past subj. of copula ; **do neoch**
　　ba ṡruithem, *of what was noblest,* 6.

nícon, *not,* **nícon ructais,** 7 ; **nícon imbéra,** 17.　In earlier
　　O.-Ir. it lenites initial of verb, in later O.-Ir. sometimes
　　nasalizes ; cf. Mid.-Ir. **nocho, nochon,** and Mod.
　　Ulster-Ir. **cha, chan ;** as neg. of copula, **nícon messe,**
　　36.

nída, 1 sg. pres. ind. of copula with **ní,** 16 ; **nípa,** 3 sg.
　　fut., 22 ; **nípo, nipu,** pret. 22, 6 ; **nírbo,** pf. 22 ;
　　nípu, nípo, pres. subj. 14, 16 ; **nípad,** past subj. 32.

no, verbal particle, **no mértais,** 11, **no scarad,** 32 ; with
　　infixed pron. sg. 1 **nom,** 14 ; pl. 1 **non,** 2 ; 3 **nos,** 2.

nó, *or,* leniting, **elae nó ṫannall,** 17.

noí n-, *nine,* 35.

nómad, *ninth,* 35.

nónbor, g. **nónbuir,** *nine men* ; Mod.-Ir. **naonbhar. do-**
　　cumlai ass . . . nónbor, *he set forth (with) nine men,* 27.
　　The nom. **nónbor** here is idiomatic, cf. **tánic Íth tri**
　　tríchait láech dochum Hérend, *Ith came (with) thrice*
　　thirty warriors to Ireland, LL. 12 *a* 2.

1. **ó, úa,** prep. with dat. *from, of* ; with affixed pron. sg. 1
   úaim, 9 ; 3 **úad,** 9 ; pl. 1 **úainn,** 14 ; 2 **úaib,** 24 ;
   3 **úadib,** 19 ; with poss. sg. 1 **óm,** 3.

2. **ó,** conj., leniting ; followed by the perfect, *after, when,*
   ó ráncatar, 8, **ó tháncatar,** 13.

oac, later **óc,** *young* ; *young man, warrior* ; pl. **oaic,** 21
   g. **oac,** 14.

oc, prep. with dat. *at, by* ; **oc óul,** *drinking,* 1 ; **oc Emain,**
   17 ; with art. **ocond ḟulucht,** 5 ; **ocon choirthiu,** 16 ;
   with affixed pron. sg. 3 m. n. **occo,** *thereat,* 23 ; with
   poss. sg. 3 m. **occa,** 9, 27 ; pl. 3 **oca,** 1.

ocht n-, *eight,* 35 ; **ocht . . . deac,** *eighteen,* 23.

ochtmad, *eighth* ; **ochtmad . . . deac,** *eighteenth,* 23.

óclach, g. **óclaige,** f. *warrior* ; acc. **óclaig,** 1, 27.

ocus, *and,* leniting ; commonly written ⁊ ; **túaith ⁊
   chenél,** 11.

óen, *one* ; g. **oín,** 20 ; forms compound with foll. noun,
   óenláa, 12 ; **óenḟer,** 31.

ogom, g. **oguim,** m. *ogham,* 24, 27.

oibell, *spark,* 2.

oígedacht, g. **oígedachtae,** f. *hospitality,* 6.

oígi, g. **oíged,** m. *guest,* 8.

1. **ol,** indeclinable, *says, said* ; **ol mé,** *said I,* 4 ; **ol sé,**
   said he, 3, 4, &c. ; **ol Cú Chulainn,** 1.

2. **ol,** conjunction, *because,* 25, 35.

olc, *bad,* 32.

ol-chenae, *besides,* 4 ; **do Ultaib ol-chenae,** *to the rest of
   the Ulster men,* 35.

ol-daas, *than,* 15, 23.

omnae, f. *tree,* particularly *the oak,* 27 ; cf. **omna** .i.
   dair, O'Clery. But also **omna gíuis,** *pine-tree,* Irische
   Texte II², 60 ; **fíc-omna,** *fig-tree,* Saltair na Rann,
   1362.

ón, see **són.**

ondar, see **unse.**

óol, later **ól,** dat. **óul,** n. *draught, drinking* ; serves as
verb. noun to **ibid,** 1, 14.

opad, g. **opaid,** *refusal.* **fíach opaid** (in later language
fiach obtha) *a debt to be repudiated, a challenge to be
refused,* 31.

or, dat. **ur,** m. *margin, boundary,* 25.

ór, g. **óir,** n. *gold,* 29.

óre, úare, *since, because,* 33, 16.

os, used with an accompanying personal pron. (**os mé,
os tú, os é, os sí, os ní,** but 3 pl. **ot é**) in sentences of
the following type : **con-riccim-se friss . . . os mé
athgoíte,** *I meet him . . . I being wounded,* 4 ; **do-bertis
cech n-olc form os mese oc taireitul cech maith doib-
som,** *they used to inflict every evil upon me, though I
was prophesying every good to them,* Ml. 54 c 30 ; **delb
anmandae foraib ot hé marbdai calléic,** *a living form
on them, and they dead notwithstanding,* Ml. 130 a 3.
In Mid.- and Mod.-Ir. **is** is used, or the full form **ocus,
agus. os** is a contraction of **ocus,** the form with pl.
é being on the analogy of the copula **it é,** *it is they,*
by **is é,** *it is he.*

ós, úas, prep. with dat. *above* ; **úas dún,** 15 ; with affixed
pron. sg. 3 m. **úasso,** 20 ; with poss. sg. 3 m. **ósa,** 32.

oss, g. **oiss,** m. *deer,* 18, 19.

oxal, g. **oxaile,** f. *arm-pit,* 32.

pairt, f., *part,* 32.

poll, g. **puill,** m. *hole.* **áin phuill,** *driving at a hole,* a
kind of game, 7.

popa, *father,* an affectionate form of salutation, particularly
to elders, 3, 4, 5, &c.

praipe, f. *quickness* ; abstract noun from **prapp,** *quick,
sudden.* **in praipi ro mbítha,** *with the quickness with
which they have been slain,* 26.

prím-dún, n. *chief fort,* 15.

promad, m. *trying,* 14 ; verb. noun of **promaid,** *tries,* borrowed from Lat. **probo.**

pupall, *tent,* dat. **pupull,** 34. The gen. is **pupaill,** YBL. 50 *b* 35, the acc. is **pupull,** LU. 6,000 = YBL. 30 *b* 50 ; later the gen. is **pupla, puiple,** the dat. **pupaill.** This points to an old neuter, which afterwards became feminine. **fo-cerdat a puiplea,** *they pitch their tents,* 27.

rád, *speech,* 29, verb. noun of **rádid,** *speaks.*

-ral, 1 sg. pres. subj. corresponding to the pf. **ro lá,** *has thrown* (see **fo-ceird**) ; **conid ral-sa frissin fer,** 27, with infixed neut. pron., seems to be an idiomatic phrase meaning *till I fight with him.* **conid ralae inna chomṡuidiu,** impersonal, 18, probably means *his limbs gave way, he collapsed.* Cf. **nod clanna Aedán ind in gaí, co rruc a rrindi triit, cona[d] tarlai ina ṡuidi,** Rev. Celt. xiii, 385.

rannaid, *divides,* 32.

rathugud, 13, verb. noun of **rathaigid,** *perceives.*

refed, *cord,* 20.

reg, rega, see **téit.**

re n-, ria n-, prep. with dat., *before* ; with affixed pron. sg. 1 **rium,** 35 ; 3 m. **riam,** 1, 2 ; f. **remi,** 25 ; pl. 1 **riunn,** 5, 13.

réid, *smooth, easy.* **ní réid dom,** 19 ; **ní réid fort,** lit. *it is not easy upon you,* i.e., *you do not find it easy,* 23.

réidid, *rides, drives* ; pres. indic. pl. 2 **-réidid,** 14 ; verb. noun **réimm,** n.

reng, g. **renge,** pl. **renga,** f. *the reins of the back,* 31. Cf. **urchur arad tri reing ríg,** LL. 254 *a* 12.

re-síu, conjunc., followed by perfective subj., *before,* 2, 3.

rether-derc (**rether,** *sieve* + **derc,** n. *hole*), *having holes like a sieve, riddled like a sieve.* **conid nderna retherderc de,** lit. *till it makes of him one riddled like a sieve,* 18. Here the infixed pronoun anticipates the object.

rí, g. **ríg,** m. *king,* 11.

ríastarthae, *distorted.* **in riastarthae,** 37, is applied to Cú Chulainn, because in his rage his body became distorted. **ríastarthair,** *becomes distorted.* The verb is used impersonally in the passive, followed by the prep. **im,** pret. sg. 3 **ríastarthae imbi,** *he became distorted,* 2. The same construction is found with other verbs expressing fury or madness. See **dáistir, siabarthair.**

-ribuilsed, 27, 3 sg. past subj. of **lingid,** with infixed **ro.** The form is peculiar, and probably corrupt. The subjunctive stem of **-lingid** is *less-,* and *ròlessed* should have given **-roilsed.** As the preterite is **leblaing,** so it is possible that the future stem was *liblēs-* ; but I have no example of the future. If the future stem was *liblēs-,* we should have here confusion of the s-future with the s-subjunctive, such as is common in Mid.-Ir.

ricc, rí, see **ro-icc. Ní cach oen ón-da ricc samlaid,** *it is not everyone from whom it reaches them so,* i.e., *not everyone can do that for them* (the Ulstermen), 18-19 ; in the next sentence **ní fil úadib-som ónacha rí** (or **ric**), *there is not one of themselves who cannot do it for them.*

ríchtain, see **ro-icc.**

rig, g. **riged,** *lower arm,* 3.

rígain, g. **rígnae,** f. *queen,* 21.

rigthi, 31, meaning uncertain. If the reading is right, it may be an irregular participle from **rigid,** *stretches,* like **foircthe,** from **for-cain,** *teaches.* But possibly it is an error for **ringthi,** nom. pl. of past part. pass. of **ringid,** *tears.*

rím, g. **rímae,** f. 23 ; verb. noun of **rímid,** *counts.*

rind, m. *point,* 35.

rindris, 35, seems collective in the sense of *points,* but I have no other example of the word.

1. **ro,** verbal particle.

Equivalents : **ad** (frequent in verbs beginning with **com**), **con-aggab,** see **con-gaib ; comtolae,** see **con-tuili ; com, ad-coas,** see **ad-fét.** Sometimes a different root is employed, see **berid, do-beir, téit, do-tét.**

The following uses of **ro** or its equivalents are found in the text :

(1) It converts a preterite or narrative tense into a perfect (or pluperfect)—e.g., **boí,** *was* ; **ro boí,** *has been* ; **as-bert,** *says* ; **as-rubart,** *has said* ; **ad-fess,** *was told* ; **ad-coas,** *has been told.* It should be noted, however, that the Irish distinction does not in every respect correspond to the English. In some verbs there is no distinction between pret. and perf., e.g., **tánaic,** *he came* or *he has come.*

(2) It gives the sense of possibility, e.g., **nícon ructais,** *they could not take,* 7 (see **berid**).

(3) With the subjunctive it is regular :

(a) In wishes—e.g., **rob do búaid,** *may it be for victory,* 13.

(b) After **acht,** *provided that*—e.g., **acht ropa airdirc-se,** *provided I be famous,* 12 ; **acht ní tardae,** 28.

(c) After **co n-,** *until*—e.g., **ní scarfam co rruc-sa do chenn nó co farcab-sa mo chenn lat-su,** *we shall not part till I carry off thy head or leave my head with thee,* 31 ; **co comtolae (com-ad-tolae),** *till thou sleepest,* 29.

(d) After **resíu,** *before*—e.g., **resíu do-rotsad,** *before it fell,* 2 (see **do-tuit**).

(4) Sometimes it turns a past subjunctive into a pluperfect —e.g., **nípu machdad ce do-rónad,** *it were no wonder that he should have done,* 10.

(5) With all parts of the substantive verb from the stem **bi-** it serves to infix a personal pronoun—e.g., **rot bia,** *thou shalt have,* lit. *there will be to thee,* 13, 30 ; **ron bíth,** *let us have,* 34.

(6) With the secondary future of the copula it is used instead of no—e.g., **robad-am béo,** *I should be alive,* 5 ; **roptis,** 31.

(7) In negative commands it is sometimes used with the subjunctive of compound verbs—e.g., **ním dersaige,** *do not awake me,* 16, see **-díuschi ;** but **ní n-imgabae,** *do not avoid it,* 37.

(8) In **ro-cluinethar, ro-fitir** and **ro-laimethar** it has no perfective force ; it merely keeps the verb in conjunct form, and is not used when any other conjunct preverb is present, e.g., **ní fitir, co cúalae.** Cf. the use of **ad-** in **ad-ágathar** by **ní ágathar,** and the doubling of the preverb in **do-tuit, imm-imgaib, fo-fúair,** by **ní tuit, ní imgaib, ní fúair.**

2. **ro-,** prefixed to adjective, *too* ; **ro-chían,** *too long,* 1.

rob, *may it be,* 3 sg. pres. subj. of copula with **ro,** 13.

robad-am béo, 5, 3 sg. sec. fut. of copula, with infixed pron. of 1 sg. and **béo,** *living = I should be alive* ; impersonal construction.

ro-cluinethar, *hears,* 12 ; pret. sg. 1 **r-a-chúala-sa,** *I heard it,* ib. ; sg. 3 **co cúalae,** 5, 18 ; verb. noun **clúas,** g. **clúaise,** f. See 1. **ro,** 8.

róen, *defeat* ; **birt a róena forru,** *he defeated them,* 7.

ro-fitir, *knows, knew* ; sg. 1 **ní fetar,** 3 ; **ní fetar,** *I do not know it,* 4 ; sg. 2 **r-a-fetar-su,** 36 ; sg. 3 **ní fitir-som,** 2 ; pl. 1 **ro-fetammar,** 11 ; **r-a-fetammar,** *we know it,* 2 ; **r-a-fetammar,** *we know him,* 6 ; pres. subj. pl. 1 **co fessamar,** 22, 31 ; verb. noun **fius, fiss,** g. **fesso, fiss,** m. 6.

ro-iec, *reaches, arrives* ; sg. 3 **ricc,** 24 ; pl. 1 **ro-ecam,** 18 ; pl. 3 **ro-eccat,** 27 ; pret. and perf. pl. 3 **ráncatar,** 2, 8 ; sec. fut. pl. 3 **ricfaitis,** 31 ; pres. subj. sg. 1 **-rís,** 18, 23 ; sg. 3 **-rí,** 18 ; pl. 1 **-rísam,** 14 ; past subj. sg. 3 **rísed,** 18 ; pl. 3 **r-an-istais,** 35 ; verb. noun **ríchtu,** g. **ríchtan,** f., 15.

rolad, see **fo-ceird.**

ro-laimethar, *dares* ; pret. sg. 3 **-lámair,** 16 ; fut. sg. 3 **-lilmaither,** 20.

rom, *too soon,* 14.

ro-m, ro with infixed pron. 1 sg. **rom bíth,** see **benaid.**

ro-n, ro-t, see 1. **ro,** 5.

ropa, 1 sg. pres. subj. of copula with **ro. acht ropa airdirc-se,** *provided I be famous,* 12.

rosc, g. **roisc,** n. *eye,* 23.

roth, g. **roith,** m. *wheel,* 20.

rout (ro-ḟot), *length (of a cast).* **rout a lámae,** *as far as his hand could throw it,* 15.

ruccaim, see **berid.**

-sa, -se (after a preceding palatal) emphasizing pron. 1 sg. ; **lim-sa,** 1 ; **nom léic-se,** 13.

sáeth, g. **sáetha,** m. *grief, tribulation* ; **is sáeth limm,** *it grieves me,* 35.

saidid, *sits,* 21, 36 ; verb. noun **suide,** n.

sáidid, *fixes* ; pret. sg. 3 with affixed pron. **sáidsius = sáidisus,** *fixed it* (fem.), 23 ; pass. sg. 3 **sáitir,** 33.

saigid, *making for* ; verb. noun of **saigid,** *makes for* ; **do ṡaigid,** *towards,* 38.

sáim, *peaceful, restful* ; **sám,** 25 ; superlative **sámam,** 22.

sain, *especial, particular, excellent.* **is sain lim-sa ón,** *I deem that excellent, that pleases me well,* 17 ; **bid sain duit-siu,** *you will find it something particular,* i.e., *something more than you bargained for,* ib.

sáithech, *satisfied,* followed by **de,** or by the genitive, 8.

samlaid, see **amal.**

sáraigidir, *outrages* ; **non sáraigedar,** *he outrages us,* 2.

scaílte, *separated, scattered,* 31 ; pass. part. of **scaílid.**

scaraid, *parts, separates* ; fut. pl. 1 **-scarfam,** 32

scél, n. *story* ; pl. **scéla,** 34, 37.

scendid, *springs* ; pret. sg. 3 **sescaind,** 9.

scíath, g. **scéith,** m. *shield,* 2, 11, 38.

scíth, *weary.* **is scíth lim,** *I am loath, dislike* (me piget), 29.

scorid, scuirid, *unyokes,* 15 ; verb. noun **scor,** m.

scríbaid, *writes* ; pass. sg. 3 **scríbthair,** 33 ; pret. sg. 3 **seríbais,** 26 ; verb. noun **scríbend,** n., dat. **scríbund,** 24.

sé, *six,* 10.

se, *this,* after some prepositions, dat. **síu,** see **di-síu, re-síu ;** acc. **se,** see **co-se.**

sebaind. For **co sebaind** (or **sebaid**) **a folt de,** 32, LL. 72 *a* 27 has **topach a folt ó chúl co étan de,** *he cut his hair from him from poll to forehead,* and this seems to be the general sense. The form would come from **sesv . . . ,* a reduplicated perfect ; but I have nothing which would throw any certain light on it.

sech, prep. with acc., *past, beyond* ; **sech in dam,** 20 ; with affixed pron. sg. 3 m. **sechae,** 32 ; f. **secce,** 24 ; pl. **seccu,** 19.

sech, conj. *yet,* 2.

sechnón, prep. with gen., *throughout,* 3, 19, earlier **sethnu.**

secht n-, *seven* ; **secht . . . deac,** *seventeen,* 10, 21.

sechtmad, *seventh,* 21.

ségdae, *stately, fair,* 31.

ségondae, compar. **ségundo,** 19, *accomplished.*

seir, g. **sered,** f. *heel* ; dual **dí ferid,** 33.

séitir in phrase **cani séitir lat-su,** *art thou not able ?* 28 ; cf. the adj. **séitrech,** *strong, powerful.* From wrong division of **is-séitir** comes **étir** in Mid.-Ir., as **amlaid** from **is-samlaid.** Mod.-Ir. **éidir, féidir.** Cf. **niba séitreach trá Alaxandair in aidchi sin fri tomailt bíd no lenda,** *that night Alexander could not eat or drink,* Book of Ballymote 497 a 26.

sescaind, see **scendid.**

sesser, *six men,* 5.

síabarthair, impersonal pass. with **imm,** *becomes filled with rage* ; pret. **síabarthae,** 38. For the construction cf. **dáistir.**

síd, g. **síde,** n. *elf-mound,* 28.

side, see **suide.**

sin, *that* ; (1) **bá sí sin a lepaid,** *that was his couch,* 21 ; (2) after prep., **iar sin,** 6, 21 ; (3) after prep. with affixed pron. **and sin,** *then,* 18, 25 ; **samlaid sin,** *thus,* 20 ; (4) after def. art. **in sin,** *that,* 19 ; (5) with demonstrative particle **í, í-sin,** q.v. ; (6) enclitic after noun with art., **ind uair sin,** 29 ; **in n-aidchi sin,** 34.

sínim, *I stretch* ; **sínith-i,** *he stretches himself,* 4.

sirite, m. *sprite* (?), 12, 35, a frequent somewhat contemptuous designation of Cú Chulainn. For the meaning cf. **is de atberte in siriti de ara mét no delbad i n-ilrechtaib,** *hence he* (Uath) *was called the* **sirite,** *from the extent to which he changed himself into many forms,* LU. 9008.

sirsan, *lucky,* 11. Also as an interjection, **sirsan, sirsan,** gl. *euge, euge* Ml. 55 a 15. The opposite is **dirsan.**

sís, *down,* 31.

síst, *a while,* 4.

sith-, in compounds, *long* ; equative **sithidir,** *as long,* 30.

siur, g. **sethar,** f. *sister,* 9. The lenited forms are **fiur, fethar,** e.g., **mo fiur,** *my sister* ; **do fethar-su,** 3.

slabrad, g. **slabraide,** f. *chain,* 8.

slabrae, f. *beast, cattle,* 9, 18.

slaidid, *smites, hews.* **slaittius = slaidith-us,** *lashes them* (sc. the horses), 19 ; perf. pass. pl. (rel.) **ro slassa,** 4 ; verb. noun **slaide.**

sléchtan, *bowing down, prostration,* 32 ; verb. n. of **sléchtaid.**

sleg, g. **slige,** f. *spear* ; acc. **sleig,** 17, 18.

slíab, g. **slébe,** n. *mountain,* 14.

slíassait, g. **slíasta,** f. *thigh,* 30.

slige, g. **sliged,** f. *road,* 13 ; **co táirled in sligid,** *that he should go along the road,* ib.

slissiu, g. **slissen,** *chip, lath,* 2. The **scíath slissen** is Cú Chulainn's wooden toy shield.

sliucht, g. **slechta,** m. *track, trace,* 24, 35.

slóg, g. **slóig,** m., *host,* 22, 23.

smerthain. The **ulchae smerthain,** 36, is a false beard fastened on to the face ; **mine tescta a smera smerthain = munar tesccad smir a ndroma** is quoted by Stokes, *Acallamh,* l. 5213. At LU. 6131, **gabais iarom Cu Culaind lán duirnd dind féor ⁊ dichacain fair, combo hed domuined cách combo ulca baí lais,** *then C. took a handful of grass and repeated a spell over it, so that every one thought it was a beard that he had.*

snádud, 29, 31, *protection,* verb. noun of **snádid,** *protects.*

snáthat, g. **snáthaite,** f. *needle,* 2.

snechtae, g. **snechtai,** m. *snow,* 22.

so, *this,* (1) with def. art. **in so,** indeclinable, 14, 23 ; (2) enclitic after noun preceded by def. art. **in dul so,** 28 ; **in n-écin seo,** 25.

sochuide, f. *multitude,* 4, 16.

sodain, see **suide.**

sóinmige, f. *prosperity,* 13, from **sóinmech,** *prosperous.* The opposites are **dóinmech, dóinmige.**

soisle, f. *pride,* 29, deriv. of **soisil. .i. diomsach nó meanmnach** O'Cl.

-som (also **-seom** after a palatal), emphasizing pron. sg. 3 m. n. ; **altae-som,** 1 ; **fo-ceird-som,** 5 ; **and-som,** 32 ; **leis-seom,** 2 ; **hé-seom,** 30 ; pl. **hé-seom,** 7.

són, ón (contracted forms of **sodain,** see **suide**), *that* ; **bid lour són,** *that will be enough,* 14 ; **committe són,** *settle that,* 28 ; **ced ón ?** 11 ; **is ed ón ad-chíu,** *that is what I see,* 31 ; **ní cumci-siu ón,** *you cannot do that,* 19 ; **is diar muintir-ni ón,** *they are of our people,* 24. In

téit ón, 13, **ón** is a sort of cognate accusative after the verb, lit. *goes that,* i.e., *goes as he had been asked to go* ; **ó tháncatar ón,** *when they had so come,* 13.

sotlae, f. *haughtiness,* 29.

sréid, *casts,* 35 ; **sréth-i = sréith-i,** *casts it* (masc. or neut.), 15 ; **sréthius = sréith-us,** *casts it* (fem.). In **sréthius fair in sleig,** 17, 18, the affixed pronoun anticipates the object.

sruith, *old, venerable* ; superlative **sruithem,** *eldest, noblest,* 6.

sruth, g. **srotho,** m. *stream* ; **la sruth,** *with the stream,* 15 ; **frissin sruth,** *down the stream,* 16.

-su (after palatal, **-siu**), emphasizing particle of 2 sg., **fort-su,** 19 ; **eirg-siu,** 14.

súas, *up,* 28.

suide, anaphoric pronoun, *he, the last mentioned, the latter.*
(*a*) Accented, after prepositions. Dat. sg. m. and n. : **di șuidiu,** *thence,* 13 ; **lil di șuidiu,** *followed him,* 29 ; **i suidiu,** *there,* 23, 27, 35 ; **íar suidiu,** *after that, then,* 13, 14, 17 ; **oc suidiu,** *thereat,* 27. Acc. sg. m. **la suide,** 36 ; n. **fo șodain,** *by that* (*time*), 8, 30 ; **fri sodain,** *for that,* 1 ; **la sodain,** *therewith,* 3, 4, 5, &c. ; **dar sodain,** *over that,* 31.
(*b*) Enclitic. Nom. sg. m. **as-bert-side,** 7 ; n. **do-gníth-ide** (?), 36 ; gen. sg. m. **a ainm-side,** 17 ; nom. pl. m. **é-side,** 15.

táball, f. *sling,* 14.

tabarthai, see **do-beir.**

tacair, *fitting,* 17.

tadall, n. *visit, approach,* 7 ; verb. noun of **do-aidlea,** see **adall.**

-tairchella, see **do-airchella.**

tailm, g. **telma,** f. *sling,* 18.   Cf. **daig,** *fire,* g. **dega ; fraig,**
   wall, g. **frega ; graig,** *herd of horses,* g. **grega.**

tair, see **do-ic.**

táirle, táirled, see **do-aidlea.**

-tairnic, -tairsitis, see **do-airic.**

tairmesca (to-air-mesc-), *obstructs, hinders.* **níro thairmesc
   a chluiche imbi,** *it interfered not with his play,* 8.

tairsitis, see **do-airic.**

-táirthed, 18, 3 sg. ipf. ind. of a compound **to-ad-reth-,**
   overtake, seize ;   pres. ind. pl. 3 **do-áirthet ;**   perf. sg.
   3 **do-árraid, -tárraid.**

tairpthige, f. *violence,* 29.

táith-béim, g. **táith-béimme,** n. *stunning shot* (?), 19, one
   of Cú Chulainn's feats.

talam, g. **talman,** m. *earth,* 25, 37.

tall, *there, yonder* ;   **in so thall,** 14 ;   **aní thall,** 15, *that there.*

talltar, see **do-alla.**

tar, dar, prep. with acc., *over, across* ;   **tar or críche,** 25 ;
   dar sodain, 31 ;   with art. **tarsin n-omnai,** 28 ;   **darsa
   mag,** 5 ;   with affixed pron. sg. 1 **torom,** 3 ;   3 m.
   tarais, 32.

taraisse, *faithful, trustworthy* ;   **is taraisse lim,** *I have
   confidence, I believe it,* 30.

tardae, see **do-beir.**

tarnguir, 6, may be gen. sg. of a noun **tarngor,** which
   from the context should mean something like *pincers*
   or *tongs.*   I have no other instance of the word.

tarr, f. *belly,* 32.

tascartha, see **do-scara.**

taulach, see **telach.**

taurling (to-air-fo-ling-), *springs down,* 19.

tech, teg, g. **tige,** n. *house* ;   dat. **tig,** 5 ;   **taig,** 3.

techid, *flees,* 35 ;   fut. sg. 1 **-tess,** 36 ;   verb. noun **teched,**
   g. **techid ;   for teched,** *in flight,* 35.

techt, see **téit.**

tecmall, see **do-ecmalla.**

thecra, 30, if the text be sound, would be 3 sg. pres. subj. of a verb **tecraim,** but the sense, *cover, shelter,* does not suit here, nor do any of the other meanings assigned to **tecraim.** Perhaps **thecra** is a scribal error for **thecma,** 3 sg. pres. subj. of **do-ecmaing,** *happens.*

teglach, g. **teglaig,** n. *household,* 11.

téit, *goes,* 2, 4; pl. 1 **tíagmai,** 15; **-tíagam,** 8, 25; pl. 3 **tíagait,** 4, 15; perfective pres. sg. 1 **ní dichthim,** *I cannot go,* 20; ipf. **-téiged,** 2, 7; **no téiged,** 33, perfective sg. 3 **-dichtheth,** 23; ipv. sg. 1 **tíag,** 37; sg. 2 **eirg,** 13, 14; pl. 1 **tíagam,** 6, 14; pass. (impers.) **tíagar,** 34; pret. sg. 3 **luid,** 6; pl. 1 **-lodmar,** 22, pl. 3 **lotar,** 4; perf. **do-cóid,** 35; **-dechuid,** 14; fut. sg. 1 **rega,** 5, 8; **-reg,** 34; sg. 2 **-regae,** 1; pass. (impers.) **regthar,** 34; sec. fut. **no regad,** 12; pres. subj. pl. 2 **-téssid,** 24; past. subj. sg. 3 **-téised,** 13; subj. corresponding to **do-cóid,** pres. sg. 1 **-dechus,** 37; sg. 2 **-dechais,** 5; sg. 3 **dig,** 19; pl. 3 **-dichset,** 20; past sg. 3 **-dechsad,** 27; verb. noun **techt,** g. **techtae,** f. 7, 30.

telach, g. **telchae,** f. *hill*; d. **telaig,** 31; **taulaig,** 37; also nom. **taulach, tulach, tilach.**

tene, g. **tened,** m. and f. *fire,* 2; acc. **tenid,** 5.

-terga, see **do-tét.**

-térnai (to-ess-ro-sní-), pret. sg. 3 *escaped,* 11; verb. noun **térnam.** Cf. **as-roinnea (ess-ro-sní-),** gl. euadi, Ml. 31 *a* 2.

tess, g. **tessa,** m. *heat,* 21.

-tess, see **techid.**

tét, *string,* 20.

-tetarrais, see **do-etarrat.**

tí, tic, see **do-ic.**

ticsa (to-in-cess- ?), *takes off* (**di**), 27.

timchell, *a going round, circuit*; verb. noun of **do-imchella ;** as prep. with gen. *around, about,* **timchell nEmna,** 13.

tindorcun (to-ind-orcun), f. *striking, smiting.* **inda lat ba tindorcun,** &c., 2, seems to mean, *you would have thought that it was a hammering wherewith each hair was driven into his head, with the uprising with which he uprose*; cf. the phrase **ord essoircne,** *a hammer of smiting.* In Cú Chulainn's distortions his hair became short, cf. **ro súig a folt inna chend,** *he sucked his hair into his head,* LU 8398, and stood erect in short bristles, cf. LU. 6466.

tintaí, see **do-intaí.**

tír, g. **tíre,** n. *land,* 16.

-tísed, see **do-ic.**

tócaib (to-oss-gab-), *raises*; **t-an-ócaib,** *raises him,* 5, 28 ; verb. noun **tócbál,** g. **tócbálae,** f.

-tochrad, see **do-cuirethar.**

tóeb, g. **toib,** m. *side,* 24, 27.

togrennitis, see **do-greinn.**

toí, see **do-soí.**

toísech, *first,* 29.

tomaid, see **do-mathi.**

to-n-fóir, *help us,* 27 ; from a compound **to-fo-reth- ;** cf. Mid.-Ir. **tórithin,** *help.*

tongid, *swears* ; sg. 1 **tongu,** 17, 20 ; sg. 3 rel. **tongas,** 17 ; pl. 3 rel. **tongtae,** 20. **tongu do día tongas mo thúath,** *I swear by the god by whom my people swears,* 17.

tonn, f. *skin,* 32.

-tonna, 30, pres. subj. sg. 3 of **do-sná,** *swims up.*

torad, g. **toraid,** n. *fruit* ; dat. **torud,** 6.

torbaid, *disturbs* ; pret. sg. 3 **torbais,** 9.

torc, g. **tuirc,** m. *boar,* 5.

-torchair, see **do-tuit.**

tornocht, *stark-naked,* 7.

toschid (to-oss-saigid), f. *taking care of*, 30. Also **tasgid**, later **taiscid**, Mod.-Ir. **taisgidh, taisge**.

tothaim, see **do-tuit**.

trá, *well, now, then, indeed*, &c., often untranslatable, emphasizing a preceding word or phrase ; **do sóinmigi sin trá**, 13 ; especially with imperative, **tíagam ass trá**, 27.

-tragad, 21, 3 sg. past subj. of a verb **tragaid**, or **trágaid**. The meaning is not clear. From the context, *that he should be victorious against odds and that he should . . . an equal force*, it is clear that **no tragad for** is a stronger expression than **con-bósad for**. Is it some idiomatic use of **trágid**, *exhausts, ebbs* ?

traite, f. *quickness* ; abstract noun from **trait**, *quick*. **a thraite ro mbíth in cethrar**, lit. *the quickness of it wherewith the four have been slain*, 24. For the idiomatic **a** cf. **is machthad limm a threte do-rérachtid máam fírinne**, *I marvel at the quickness wherewith ye have abandoned the yoke of righteousness*, Wb. 18 c 6, and Thesaurus Palaeohibernicus 1. 549, note g.

tre, tri, prep. with acc., *through* ; **tre tháithbémmen**, 19 ; with affixed pron. sg. 3 m. **triit**, 17, 37 ; (Mid.-Ir. **trít**, 9) ; with poss. sg. 3 m. **tria**, 33.

treb, g. **treibe**, f. *dwelling* ; pl. acc. **treba**, 15.

trebad, g. **trebtha**, *husbanding, householding*, 9, 30.

trén-fer, m. *strong man, champion*, 36.

1. **tress**, g. **tressa**, *fight*, 18.

2. **tress**, *third*, 21.

trí, *three*, 2, 7 ; fem. **téora**, 8.

trian, n. *third*, 1 ; dat. **triun**, 38.

triar, *three persons* ; dat. **a triur**, lit. *in their three*, i.e., *the three of them*, 6.

trícha, g. **tríchat**, m. *thirty*, 27 ; **trícha cét**, lit. *thirty hundreds* ; commonly translated *cantred*, 23.

tróg, trúag, *wretched.* **is tróg lim do marbad,** *I should be sorry to kill you,* 28.

tromdae, *troublesome,* 32.

trom-guin, g. **tromgona,** n. *heavy wounding,* 6.

tromm, *heavy* ; compar. **trummu,** 17

tú, *thou,* 36.

túath, g. **túaithe,** f. *people,* 17.

tuc, tuccus, see **do-beir.**

tucht, *form, fashion* ; dat. **in tucht sa,** *in this fashion,* 25.

tuchtach, *shapely, comely,* 31.

-tuidched, see **do-tét.**

tuidecht, see **do-tét.**

tuillem, g. **tuillema,** m. *earning* ; verb. noun of **do-slí, -tuilli,** *earns, deserves, incurs (a penalty)* ; Mod.Ir. **tuillim. tuillem écraite,** *to earn enmity* (i.e., from the Ulstermen, by slaying Cú Chulainn), 16.

turcébad, see **do-furgaib.**

tussu, emphatic form of **tú,** 31.   **cid tussu,** *even you,* **23.**

tuus, *beginning* ; **ar thuus,** *at first,* 16.

úacht (earlier **ócht**), g. **úachta,** *cold,* 21.   Mod.-Ir. **fuacht.**

úachtar (earlier **óchter**), g. **úachtair,** *upper part, top,* **15.**

úainn, see **ó, úa.**

úallach, *proud,* 33.

úan, g. **úain,** m. *lamb,* 36.

úane, *green,* 28.

1. **úar,** *cold,* 21.   Mod.-Ir. **fuar.**

2. **úar,** g. **óre, úare,** f. *time* ; dat. **ind úair sin,** *at that time,* 29 ; **isind úair,** *now,* 38 ; for the gen. sg. as conjunction see **óre.**

úas, see **ós.**

úathad, g. **úathaid,** n. *a small number, unity,* 16.

úath-bás, g. uathbáis, m *mortal terror*, 5; cf. co n-érbaltatár cét láech díb do úathbas ocus cridenes, *so that a hundred warriors of them died of terror and heartstroke* (?), LU 6288.

úathmaire, f. *terribleness*, 5. abstract noun from úathmar, *terrible*. In a úathmaire ind fir, a anticipates the foll. gen.

ubull, n *apple*. ubull brágat, *the apple of the throat*, 9.

ucht, g. ochta, *bosom*, 2.

ucut, *yonder*, 4, 5, 17.

uide, n. *journey*, 1.

uile, *all*, 10, 19; pl. ulli, 2, 4, &c.

uisce, g. ulsci, d. uisciu, m. *water*, 21, 27.

ulchae, f. *beard*, acc. ulchi, 36.

unse, *here he is*, 36; ondar, 17. According to Auraicept na n-Éces unnse is masc., unnsi fem., onnar neut. ondar in del chliss, 17, is an exception, unless del was originally neuter.

úr, f. *clay*, *soil*, 5.

urchor (also written aurchor, erchor, irchor), m. *a throw, a cast*, 18, 37; g. urchair, 14; aurchora, 37.

INDEX OF PLACES AND PEOPLES